EL JEQUE Y LA BAILARINA
ABBY GREEN

HARLEQUIN

Editado por Harlequin Ibérica.
Una división de HarperCollins Ibérica, S.A.
Núñez de Balboa, 56
28001 Madrid

I.S.B.N.: 978-84-687-9960-5
Depósito legal: M-15501-2017
Impresión en CPI (Barcelona)
Fecha impresion para Argentina: 19.2.18
Distribuidor exclusivo para España: LOGISTA
Distribuidores para México: CODIPLYRSA y Despacho Flores
Distribuidores para Argentina: Interior, DGP, S.A. Alvarado 2118.
Cap. Fed./Buenos Aires y Gran Buenos Aires, VACCARO HNOS.

Prólogo

EL SACERDOTE abrió mucho los ojos al ver el espectáculo que bajaba por el pasillo, pero, en honor a la verdad, no vaciló al pronunciar las palabras que para él eran algo tan automático como respirar.

Se acercaba una figura esbelta, vestida de cuero negro de los pies a la cabeza, con el rostro ensombrecido por el visor de un casco de motorista. Se detuvo a pocos pasos de la pareja que estaba en pie delante del sacerdote, y este abrió todavía más los ojos al ver que era una mujer la que se quitaba el casco de motorista y se lo colocaba debajo del brazo.

Su largo cabello pelirrojo le cayó en cascadas sobre los hombros justo cuando él pronunciaba las palabras: «... O calle para siempre», un poco más débilmente que de costumbre.

La mujer tenía el rostro pálido pero decidido. Y muy hermoso. Hasta un sacerdote podía apreciar eso.

Se hizo el silencio, hasta que se oyó la voz de ella, alta y clara, en la enorme iglesia.

—Yo sé que no se puede celebrar esta boda, porque este hombre compartió mi cama anoche.

Capítulo 1

Sylvie Devereux se preparó mentalmente para lo que sin duda sería otro encontronazo con su padre y su madrastra. Por el elegante camino de entrada de la casa se recordó que solo estaba allí por su hermana de padre. La única persona en el mundo por la que ella haría lo que fuera.

La enorme casa de Richmond estaba bien iluminada, y del jardín de atrás llegaban los sonidos que producía un grupo de jazz tocando en directo. La fiesta de verano de Grant Lewis era un acontecimiento habitual en la escena social de Londres, y estaba presidida todos los años por su sonriente esposa, la piraña Catherine Lewis, madrastra de Sylvie y madre de Sophie, su hermana pequeña.

Una figura apareció en la puerta principal y la rubia Sophie Lewis lanzó un grito de alegría antes de arrojarse en brazos de su hermana mayor. Sylvie dejó caer el bolso y la abrazó con una carcajada, esforzándose por no caer al suelo.

–¿Eso quiere decir que te alegras de verme? –preguntó.

Sophie, seis años más joven que ella, se apartó con una mueca en su bonito rostro.

–No sabes hasta qué punto. Mi madre está aún peor que de costumbre, me arroja literalmente a los brazos de todos los solteros. Y papá se ha encerrado en su estudio con un jeque que probablemente es el hombre más sombrío que he visto nunca, pero también el más guapo. Lástima que a mí no...

–Estás ahí, Sophie...

La voz se cortó cuando la madrastra de Sylvie vio quién era la acompañante de su hija. Estaban ya casi en la puerta y las luces iluminaban desde atrás la figura esbelta de Catherine Lewis, una rubia vestida de Chanel.

La mujer apretó los labios con disgusto.

–Oh, eres tú. Creíamos que no vendrías.

«Querrás decir que confiabas en que no viniera», pensó Sylvie. Pero no lo dijo. Se esforzó por sonreír y apartó el dolor que ya no tenía sentido. A sus veintiocho años debería estar ya muy acostumbrada a todo aquello.

–Encanta de verte, como siempre, Catherine –dijo.

Su hermana le apretó el brazo en una muestra silenciosa de apoyo. Catherine se apartó despacio, claramente reacia a admitir a Sylvie en la casa.

–Tu padre tiene una reunión con un invitado. Estará libre pronto –dijo.

Y a continuación frunció el ceño al ver la ropa de Sylvie y esta sintió cierta satisfacción ante la evidente desaprobación de su madrastra. Pero también sintió cansancio, hartura de aquella batalla constante.

–Puedes cambiarte en la habitación de Sophie, si quieres. Es obvio que vienes directamente desde uno de tus, ah... espectáculos en París.

Aquello era verdad. Sylvie había actuado en una matiné. Pero había salido del trabajo vestida con vaqueros y una camiseta perfectamente respetable. Se había cambiado en el tren. Y de pronto desapareció su cansancio.

Se puso una mano en la cadera.

–Fue un regalo de un admirador –ronroneó–. Sé cómo te gusta que tus invitados vistan bien.

El vestido en realidad era de su compañera de piso, la glamurosa Giselle, que tenía un par de tallas de sujetador menos que ella. Sylvie se lo había pedido prestado, sabiendo muy bien el efecto que causaría. Sabía que era pueril sentir aquel impulso constante de escandalizar, pero en aquel momento valía la pena.

Entonces hubo un movimiento cerca y Sylvie siguió la mirada de su madrastra y vio a su padre de pie delante de su despacho, que estaba justo al lado de la puerta principal. Pero casi no se fijó en él. Estaba acompañado por un hombre alto, de hombros anchos y muy moreno. El hombre más impresionante que había visto en su vida. Su rostro estaba esculpido en líneas claras, sin que hubiera ninguna muestra de suavidad por ninguna parte, con grandes cejas oscuras. Sombrío, sí. Seguramente era el hombre del que había hablado Sophie.

El poder y el carisma formaban una fuerza tangible a su alrededor. Y poseía también un fuerte magnetismo sexual. Vestía un traje claro de tres piezas con corbata oscura. El blanco inmaculado de la camisa resaltaba aún más el tono oscuro de su piel. Su cabello era negro y corto. Sus ojos, igual de negros y totalmente ilegibles. Sylvie se estremeció ligeramente.

Los dos hombres la miraban y ella no necesitaba ver la expresión de su padre para saber cómo sería: Una mezcla de pena antigua, decepción e incomodidad.

—Ah, Sylvie, me alegro de que hayas podido venir —dijo.

Ella consiguió por fin apartar la vista del desconocido y mirar a su padre. Forzó una sonrisa y dio unos pasos al frente.

—Papá, me alegro de verte.

La bienvenida de él fue solo ligeramente más cálida que la de su madrastra. Un beso seco en la mejilla, esquivando su mirada. Las viejas heridas rezumaron de nuevo, pero Sylvie las ocultó bajo la fachada del «me da igual» que llevaba años cultivando.

Alzó la vista al invitado y aleteó las pestañas, coqueteando desvergonzadamente.

—¿Y a quién tenemos aquí?

—Te presento a Arkim Al-Sahid —contestó Grant Lewis, con desgana evidente—. Estamos tratando un asunto.

El nombre le sonaba de algo, pero Sylvie no consiguió saber de qué. Extendió la mano.

—Es un placer. ¿Pero no le parece muy aburrido hablar de negocios en una fiesta?

Casi podía sentir la mirada de reprobación de su

madrastra en la nuca, y oyó algo parecido a un soplido estrangulado procedente de su hermana. La expresión del hombre mostraba ya una débil mueca de desaprobación, y de pronto, algo cobró vida en lo más hondo de Sylvie.

Ese algo la impulsó a acercarse más a él, cuando todos sus instintos le pedían salir corriendo. Seguía con la mano extendida y a él le palpitaron las aletas de la nariz cuando por fin se dignó reconocer su presencia. Su mano, más grande, se tragó la de ella, y a Sylvie le sorprendió notar que la piel de él estaba levemente encallecida.

De pronto todo se volvió borroso. Como si hubieran colocado una membrana alrededor de ellos dos. Algo le palpitaba entre las piernas y una serie de reacciones incontrolables la embargaron con tal rapidez, que no pudo discernirlas. Calor, y una debilidad en el bajo vientre y en las extremidades. La sensación de que se derretía. El impulso de acercarse todavía más, echarle los brazos al cuello y apretarse contra él, combinado con el impulso de salir corriendo, que era cada vez más fuerte.

Entonces él le soltó la mano con brusquedad y Sylvie casi se tambaleó hacia atrás, confusa por lo que había ocurrido. No le gustaba nada.

–Un placer, desde luego.

La voz de él era profunda, con un leve acento norteamericano, y su tono decía que era cualquier cosa menos un placer. Las líneas sensuales de su boca se veían apretadas. La miró una vez y apartó la vista.

Sylvie se sintió de pronto más vulgar que nunca.

Sabía bien lo corto que era su vestido dorado, que rozaba apenas la parte superior de los muslos. La chaqueta, ligera, no cubría gran cosa. Era demasiado voluptuosa para el vestido y se sentía muy expuesta. También era consciente de la caída de su pelo revuelto, de su llamativo color natural.

Se ganaba la vida llevando poca ropa. Y se había acostumbrado a ocultar su timidez innata. Pero en aquel momento, el rechazo del hombre había aplastado un muro cuidadosamente construido. Y solo a los pocos segundos de haberlo visto.

Le sorprendía notar rechazo cuando había desarrollado un mecanismo de defensa interno contra eso. Retrocedió.

Suspiró aliviada cuando su hermana tomó a su padre del brazo y dijo con buen ánimo:

—Vamos, papá. Tus invitados se preguntarán dónde estás.

Observó alejarse a su padre, su madrastra y su hermana, acompañados por el forastero perturbador, que apenas le había dedicado una mirada.

Siguió al grupo con piernas absurdamente temblorosas, decidida a permanecer fuera de la órbita peligrosa de aquel hombre y a pegarse a Sophie y su grupo de amigos.

Unas horas después, ansió un momento de paz, lejos de la gente que estaba cada vez más bebida y lejos también de la mirada de censura de su madrastra y de la tensión que emanaba de su padre.

Encontró un lugar tranquilo cerca del cenador, donde corría un riachuelo en el extremo del jardín. Se sentó en la hierba, se quitó los zapatos y metió los pies en el agua fría con un suspiro de satisfacción.

Fue solo después de echar atrás la cabeza y contemplar la luna llena, baja en el firmamento, cuando tuvo la impresión de que no se hallaba sola.

Miró a su alrededor y vio una figura alta y oscura que se movía entre las sombras de un árbol cercano. Reprimió un grito y se puso en pie de un salto con el corazón latiéndole con fuerza.

–¿Quién hay ahí? –preguntó.

La sombra se apartó del árbol, con lo que mostró la otra razón por la que debía escapar ella: Para reflexionar sobre por qué aquel desconocido enigmático le producía una reacción tan confusa y tan fuerte.

–Sabes perfectamente quién hay aquí –fue la arrogante respuesta.

Sylvie veía el brillo de sus ojos oscuros. Se sentía en desventaja, así que se puso los zapatos, pero los tacones se hundieron en la tierra blanda, haciendo que se tambaleara.

–¿Cuánto has bebido? –preguntó él. Parecía asqueado.

Sylvie, enfadada por lo injusto de la pregunta, puso los brazos en jarras.

–Una botella de champán. ¿Eso es lo que esperas oír?

En realidad no había bebido nada, porque seguía tomando antibióticos por una infección recurrente en el pecho. Pero no tenía intención de contarle aquel detalle.

–Para tu información –dijo–, he venido aquí porque creía que estarías sola. Así que te dejaré con tus suposiciones arrogantes y me apartaré de tu camino.

Cuando empezó a alejarse, notó lo cerca que estaban. Lo bastante cerca para que Arkim Al-Sahid pudiera tocarla extendiendo la mano. Y eso fue justamente lo que hizo cuando el tacón de ella se atascó en la tierra y Sylvie cayó hacia delante con un grito de sorpresa.

Le agarró el brazo con tanta fuerza, que ella perdió el equilibrio y cayó directamente sobre el pecho de él, donde aterrizó con un golpe suave. Su primera impresión fue que él era muy fuerte. Como un bloque de cemento.

Y muy alto.

Sylvie olvidó por qué se marchaba.

–Dime –pidió, con voz más baja de lo que le habría gustado–. ¿Odias a todo el mundo a primera vista o solo a mí?

Vio que los labios sensuales de él se fruncían a la luz de la luna.

–Te conozco. Te he visto en carteles por todo París. Durante meses –dijo.

Sylvie frunció el ceño.

–Eso fue hace un año, cuando estrenamos el nuevo espectáculo –dijo.

«Y aquella no era yo», pensó. La habían elegido para la foto por ser más voluptuosa que las otras chicas, pero en realidad era la que menos se desnudaba de todas.

Sabía que debía apartarse de aquel hombre, pero parecía incapaz de hacerlo. ¿Y por qué él no la apartaba? Evidentemente, era uno de esos puritanos a los que les parecía mal que las mujeres se quitaran la ropa en nombre del entretenimiento.

Su silencio condenatorio la enfureció aún más.

Enarcó las cejas.

–¿Eso es todo? ¿Verme en carne y hueso solo ha confirmado tus peores sospechas?

Vio que la mirada de él se posaba entre ellos, en el punto en que sus pechos se apretaban en el torso de él. Sintió calor en toda la piel.

La voz de él sonó ronca.

–Desde luego, hay mucha carne que ver –musitó. Alzó la vista y clavó los ojos en los de ella–. Pero supongo que no tanta como muestras normalmente.

Sylvie se soltó de su brazo y lo empujó para alejarse. Pero estaba demasiado enfadada para no decirle lo que pensaba antes de marcharse.

–La gente como tú me pone enferma. Juzgas y condenas sin saber nada de lo que hablas.

Retrocedió un paso y le clavó un dedo en el pecho.

–Te comunico que L'Amour está entre los teatros de variedades más elegantes del mundo. Somos bailarinas entrenadas de primera clase. No es un espectáculo de estriptis.

–¿Pero te quitas la ropa? –preguntó él con sequedad.

–Bueno...

La verdad era que la actuación de Sylvie no exigía que se desnudara del todo. Sus pechos eran demasiado grandes y Pierre prefería que los desnudos los hicieran las chicas de pecho plano. En su opinión, eso ofrecía una estética mejor.

Arkim Al-Sahid emitió un sonido de disgusto, que Sylvie no supo si iba dirigido a ella o a sí mismo.

–Me da igual si te desnudas del todo y te cuelgas cabeza abajo en un trapecio –dijo–. Esta conversación ha terminado.

Se giró y se alejó antes de que ella pudiera decir nada más. Y Sylvie se quedó allí, hirviendo de furia, indignación y orgullo herido. Y algo más. Algo más profundo. Una necesidad de que él no la juzgara tan pronto, cuando no debería importarle nada su opinión.

Su temperamento pudo más que ella y no pudo evitar hablar.

Él se detuvo en seco, con su silueta iluminada por las luces de la fiesta y de la casa. Se volvió lentamente y la miró con incredulidad.

–¿Qué has dicho? –preguntó.

Ella, que se negaba a dejarse intimidar, enderezó los hombros.

–Creo que he dicho que eres un estúpido arrogante y estirado.

Arkim Al-Sahid volvió hacia ella. Allí, en el jardín, parecía un felino de la selva, a pesar de su todavía inmaculado traje de tres piezas. Depredador y amenazador. Sylvie retrocedió, pero por sus venas corría una excitación que resultaba totalmente inapropiada. Retrocedió hasta que su espalda chocó con algo sólido. El cenador.

Él se inclinó sobre ella y la encerró colocando una mano a cada lado de su cabeza. A ella se le

aceleró el corazón y la piel le cosquilleó con anticipación. Él despedía un olor exótico y almizcleño.
Lleno de promesas oscuras, de peligro y diablura.

–¿Te vas a disculpar?

Sylvie negó con la cabeza.

Por un momento, él no dijo nada. Y luego musitó:

–Tienes razón, ¿sabes?

Ella contuvo el aliento.

–¿La tengo?

Él asintió despacio. Alzó una mano y pasó un
dedo por la mejilla y la barbilla de Sylvie, hasta
donde la piel desnuda del hombro se unía con el
vestido.

Ella respiraba con tanta fuera, que tenía la sensación de estar hiperventilando. Le ardía la piel donde
la tocaba él. Ardía ella. Ningún hombre le había
producido aquel efecto. Resultaba abrumador y no
podía racionalizarlo.

–Sí –musitó él en voz baja–. Estoy muy estirado.
Muy tieso. ¿Crees que podrías ayudarme con eso?

Antes de que ella pudiera reaccionar, la agarró
por la cintura y la estrechó contra sí. Deslizó la otra
mano en su pelo y la besó en los labios, robándole
el poco aliento que le quedaba y la cordura.

Fue como pasar de cero a cien en un nanose-
gundo. No fue un beso gentil y exploratorio. Fue
explícito y devastador. La lengua de Sylvie se en-
redó con la de Arkim Al-Sahid antes incluso de que
su cerebro registrara el impulso de permitírselo. Y
no había ni una parte de ella que lo rechazara, lo
cual era algo tan raro en Sylvie, que le costaba entender su significado.

Tenía las manos en el pecho de él y cerró los dedos en su cintura. Luego subieron hasta aferrarse a su cuello, lo que la obligó a ponerse de puntillas para acercarse más.

Adrenalina y un tipo de placer que no había conocido nunca recorrían su sangre. Irradiaban desde el núcleo de su cuerpo e iban a todas las extremidades, provocándole cosquilleos y llenándola de necesidad.

La mano de él estaba en su vestido, en el hombro, y los dedos tiraban de la tela hacia abajo.

Algo salvaje y primitivo golpeó el interior de ella cuando la boca de él abandonó la suya y bajó por su mandíbula hasta el hombro desnudo.

Sylvie echó atrás la cabeza y cerró los ojos. Todo su mundo se reducía a aquel latido frenético y urgente que no tenía voluntad de negar. Sintió que le bajaba el vestido y el aire cálido de la noche rozó su piel caliente.

Alzó la cabeza. Estaba mareada, drogada.

–Arkim... –Era vagamente consciente de que no conocía a aquel hombre. Y, sin embargo, allí estaba, suplicándole que... ¿Que parara? ¿Que siguiera?

Pero cuando él la miró con aquellos ojos negros como diamantes duros, le robó la capacidad de decidir.

–¡Chist! Déjame tocarte, Sylvie.

Y ella se derritió aún más. La otra mano de él estaba en el muslo de ella, entre los dos, y empujaba el vestido hacia arriba. Aquello era lo más íntimo que había estado ella con un hombre porque dejaba acercarse a muy pocos, pero le producía una buena sensación. Le resultaba necesario. Como si toda su vida le hubiera faltado algo y una llave acabara de abrir una parte de ella.

Abrió las piernas intuitivamente y vio una sonrisa en la cara de Arkim. No era una sonrisa cruel ni moralista. Era sexy.

Él bajó la cabeza al pecho de ella, ya desnudo, y cerró los labios sobre él. Succionó el pezón y después lo acarició con la lengua. Una corriente eléctrica atravesó el cuerpo de Sylvie y se instaló entre sus piernas, donde estaba húmeda y dolorida.

Y donde los dedos de Arkim exploraban ya. Le apartó el tanga y buscó entre los pliegues húmedos el lugar donde el cuerpo de ella le dejaba acceder.

Deslizó un dedo en el interior de ella y Sylvie apretó las manos. Hasta entonces no se dio cuenta de que agarraba con ellas la cabeza de él mientras Arkim succionaba su pecho y la acariciaba dentro, produciéndole una tensión nueva allí abajo. Una tensión que empezaba a resultar casi insoportable.

Vencida por la emoción de todas las sensaciones que la embargaban, alzó la cabeza de él de su pecho y miró aquellos insondables ojos oscuros.

–No puedo... ¿Qué es lo que...?

No podía hablar. Solo podía sentir. Un momento pensaba que él era la encarnación del diablo y, al momento siguiente la llevaba hasta el cielo. Estaba confusa. El cuerpo de él se apretaba contra el suyo y su pierna separaba las de ella mientras sus dedos seguían explorando su intimidad.

Frustrada por su incapacidad de decir nada, se inclinó hacia delante y volvió a pegar su boca a la de él. Pero él se quedó inmóvil. Y luego, de pronto, se apartó con tal rapidez que Sylvie casi cayó hacia delante. Retrocedió y la miró como si le hubieran crecido dos cabezas, con una expresión horrorizada. Tenía la corbata torcida, el chaleco desabrochado, el pelo revuelto y las mejillas sonrojadas.

–¿Qué demonios...?

Sylvie no dijo nada.

Arkim retrocedió un par de pasos más.

–No vuelvas a acercarte a mí nunca más.

Y se alejó rápidamente.

Tres meses después...

A Sylvie le costaba creer que hubiera vuelto tan pronto a la casa de Richmond. Normalmente conseguía evitarla, porque Sophie vivía en el centro de Londres en un apartamento de la familia.

Pero el apartamento no era apropiado para aquella ocasión: Una fiesta para celebrar el anuncio de compromiso de su hermana con Arkim Al-Sahid.

Sylvie todavía podía oír el shock en la voz de su hermana, con la que había hablado unos días atrás.

–Todo ha ocurrido muy deprisa.

Nada habría podido convencer a Sylvie de volver al seno de su familia, excepto aquello. De ningún modo permitiría que su hermana fuera un peón en las maquinaciones de su madrastra y de aquel hombre.

En el hombre en cuestión había procurado no pensar desde aquella primera noche. Se estremeció y le cosquilleó la piel al pensar en volver a verlo.

El recuerdo de lo ocurrido resultaba tan vívido y humillante como si hubiera sucedido el día anterior. Su voz. El disgusto... «No vuelvas a acercarte a mí nunca más».

El tono afilado de voz de su madrastra riñendo a algún pobre empleado cerca de allí evitó que los pensamientos de Sylvie degeneraran rápidamente en un caleidoscopio de imágenes poco atrayentes.

La joven se agarró al borde del lavabo y miró su imagen en el espejo.

A pesar de sus esfuerzos, recordaba todavía la ola de humillación que sintiera cuando Arkim Al-Sahid se alejó y ella se dio cuenta de que tenía el pecho desnudo y las piernas abiertas con abandono lujurioso. Un zapato puesto y otro quitado. Y ella había sido cómplice en todo momento. No podía decir que él la hubiera forzado.

No, él había movido un dedo ella había ido corriendo. Jadeando. Casi suplicando.

Sylvie se maldijo. Estaba allí por Sophie, no para dedicarse a recordar. Se enderezó y observó su imagen. Ese día estaba muy respetable, con un vestido negro sin mangas hasta la rodilla y zapatos de tacón a juego, con el cabello recogido en un moño bajo y un maquillaje discreto.

No quería pensar en la reacción de su cuerpo cuando su hermana le había informado de su próxima boda. Había sido una mezcla de shock, incomprensión, rabia y algo mucho más oscuro y perturbador.

Se dirigió al enorme comedor, que estaba preparado para una cena de bufé. Era muy consciente de

Arkim Al-Sahid, tan apuesto como siempre, y procuró mantenerse alejada de él. Pero eso implicaba que tampoco podía acercarse a Sophie. Y necesitaba hablar con ella.

La velada le resultó interminable. Varias veces, mientras conversaba con alguien, sintió un cosquilleo en la nuca, como si alguien la observara, o más bien la mirara de hito en hito. Pero cuando se volvía, no conseguía verlo.

Tampoco veía a su hermana, y decidió ir en su busca. El primer lugar en el que se le ocurrió mirar fue en el estudio biblioteca de su padre. Abrió la puerta con cuidado, pero no vio a nadie en la habitación de paneles de roble, llena de estanterías con libros.

La chimenea estaba encendida y el calor y la paz de la estancia la atrajeron, así que entró y cerró la puerta tras de sí.

Entonces vio movimiento en uno de los sillones de orejeras situado cerca del fuego.

–¿Sophie? ¿Eres tú? –preguntó.

La estancia siempre había sido el refugio predilecto de su hermana y a Sylvie se le encogió el corazón al imaginarla retirándose allí.

Pero no era Sophie, como resultó evidente cuando una figura alta y oscura se levantó del sillón.

Arkim Al-Sahid.

Sylvie retrocedió instintivamente.

–A riesgo de ser acusada de haberte seguido, te puedo asegurar que no ha sido así –dijo con frialdad. Se volvió para marcharse, pero cambió de idea y se giró de nuevo–. En realidad, sí tengo algo que decirte.

Él se cruzó de brazos.

–¿Ah, sí?

Resultaba tan implacable como una columna de piedra. A Sylvie le molestaba que pudiera enfurecerla con tanta facilidad. Se acercó y agarró el respaldo del sillón en el que había estado sentado él. No le gustó encontrarlo todavía más enigmático y atractivo. Como si en los meses transcurridos hubiera añadido más músculo a su cuerpo.

Vestía de un modo parecido al de la última vez, con un traje de tres piezas. La miró de arriba abajo.

–¿A quién pretendes engañar? –preguntó con una mueca burlona–. ¿O nos vas a deleitar a todos con una interpretación en la que revelas la verdad de lo que hay detrás de tu aparentemente respetable fachada?

La furia de Sylvie se incrementó aún más.

–Al principio no podía entender por qué me odiaste a primera vista –comentó–, pero ahora ya lo sé. Tu padre es uno de los mayores magnates del porno de Norteamérica y has dejado muy claro que lo repudiaste a él y su legado para crearte el tuyo propio. Ya ni siquiera llevas su apellido.

El cuerpo de Arkim Al-Sahid vibraba por efecto de la tensión. Sus ojos oscuros se entrecerraron peligrosamente.

–Como tú has dicho, no es ningún secreto.

–No –admitió Sylvie, algo desconcertada por la respuesta.

–¿Y adónde quieres llegar?

Ella tragó saliva.

–Te vas a casar con mi hermana solo para conseguir aceptación social y ella merece más que eso. Merece amor.

Arkim soltó una risita.

–¿Lo dices en serio? –preguntó–. ¿Desde cuándo se casa alguien por amor? Tu hermana tiene mucho que ganar con esta unión, incluida una vida entera de seguridad y estatus. En ningún momento ha indicado que no esté de acuerdo con este matrimonio. Su padre está empeñado en asegurar su futuro, lo cual no me sorprende, teniendo en cuenta cómo ha acabado su hija mayor.

Sylvie mantuvo una expresión rígida. Resultaba sorprendente cómo le afectaban las opiniones de aquel hombre.

–No soy estúpido –continuó él–. Esto es para él una transacción de negocios y una posibilidad de asegurar el futuro de su hija. No es ningún secreto que su imperio ha sufrido algunos contratiempos y que él hace todo lo que puede por volver a llenar los cofres.

«Transacción de negocios». Sylvie sintió náuseas. Sabía vagamente que la fortuna de su padre había sufrido un bajón, pero también sabía que la verdadera arquitecta detrás de aquel plan era su madrastra. Esta creía firmemente que el lugar de una mujer estaba al lado de su esposo rico y sin duda había convencido a Grant Lewis de que aquel era el mejor modo de lograr seguridad para el futuro.

Sylvie apretó los dientes y optó por no entrar en el tema de si existía o no el amor. Estaba claro que en el mundo de él no existía.

–Sophie no es la mujer indicada para ti –dijo–. Y ciertamente, tú no eres la persona indicada para ella.

Arkim la miró con curiosidad.

–Es perfecta para mí. Joven, hermosa, inteligente... –miró a Sylvie de arriba abajo–. Y sobre todo, es refinada.

Sylvie levantó una mano.

–Por favor, guárdate tus insultos. Soy muy consciente de en qué punto estoy en tu escala de desaprobación. Es evidente que tienes problemas con ciertos trabajos y que me juzgas por lo que hago.

–Lo que eres –repuso él con dureza.

Ella apretó los puños.

–La última vez que nos vimos no parecía que te importara tanto lo que soy.

Él se sonrojó.

–Aquello fue un error que no se repetirá –comentó.

La expresión de su rostro era de repugnancia. Y resultaba evidente que no era solo por ella, era también por sí mismo.

Sylvie sintió un dolor profundo en el vientre, un dolor que reabría viejas heridas. Le recordaba la repugnancia con la que la miraba su padre después de la muerte de su madre.

Deseaba desesperadamente atacar a su vez y ver a aquel hombre perder su control de hierro. Llevada por un instinto ciego, y por su dolor, salió de detrás del sillón y se acercó a Arkim Al-Sahid. Apretó el cuerpo contra el de él y le echó los brazos al cuello.

Los ojos de él echaron chispas. Le agarró los brazos con fuerza.

–¿Qué demonios crees que haces? –preguntó.

Pero no le bajó los brazos. El cuerpo entero de Sylvie temblaba a causa de la adrenalina.

–Demostrar que eres un hipócrita.

Y entonces hizo lo más atrevido que había hecho jamás. Lo besó en la boca. Movió sus labios sobre los de él y, a través del golpeteo de su corazón, empezó a sentir cómo la inundaba la excitación debido a la proximidad de sus cuerpos.

Sentía la tensión que mantenía el cuerpo de él rígido. Pero no podía disfrazar la evidencia de su excitación contra el vientre de ella. Esa evidencia bastó para que Sylvie se sintiera exultante y la ayudara a bloquear el recuerdo de cómo la había apartado la última vez.

Pero entonces empezó también a olvidar por qué había iniciado aquello. Su cuerpo se acercó más al de él. Lo estrechó con más fuerza. Y después de un breve momento, él le soltó los brazos, la agarró por las caderas y empezó a mover la boca en la de ella, despacio al principio, y luego como una tormenta que fuera cobrando fuerza, con una intensidad casi agresiva.

Por un largo momento, todo lo demás se perdió en la distancia y el beso se volvió más cálido e intenso. Arkim Al-Sahid la estrechó más contra sí, hasta tal punto que ella podía sentir los latidos de su corazón. Y entonces algo cambió. Se quedó muy quieto e interrumpió el beso.

La apartó y ella se tambaleó hacia atrás y calló con fuerza en el sillón que tenía detrás, con la respiración laboriosa y el corazón descontrolado. Mareada.

Arkim frunció los labios y habló con voz dura.

–No. No haré esto. ¿Te atreves a intentar seducirme la noche que se anuncia mi compromiso con tu hermana? ¿Cómo se puede caer tan bajo?

Sylvie empezaba a sentir frío por todo el cuerpo. La lujuria que la había invadido se disipó bajo la mirada asesina de él. Le costaba trabajo pensar. ¿Por qué había sido tan importante besarlo de aquel modo? ¿Qué había intentado probar? ¿Cómo tenía aquel hombre la habilidad de hacerle actuar de aquel modo tan raro en ella?

Levantó la vista.

–No ha sido en ese sentido. Yo jamás le haría daño a Sophie.

Arkim soltó un ruidito sordo y en aquel momento llamaron a la puerta y entró alguien.

–Siento molestarle, señor Al-Sahid, pero van a hacer el anuncio.

Sylvie se dio cuenta de que la persona que estaba en la puerta no podía verla en el sillón.

–Ya voy –respondió Arkim.

La puerta se cerró y él la miró con expresión de condena y disgusto.

–Creo que lo mejor para todos nosotros será que te marches ahora, ¿no te parece?

Capítulo 2

Tiempo presente. Una semana después de la arruinada boda.

Arkim Al-Sahid miraba por la ventana de su despacho, situado en un rascacielos de Londres. Y aunque en la última semana habían resucitado muchas de sus peores pesadillas, por el momento solo podía pensar en que había visto a Sylvie Devereux solo dos veces en los seis últimos meses... Tres, contando su memorable aparición en la iglesia... Y todas las veces había perdido el control.

Y estaba pagando por ello. Pagando más de lo que nunca habría creído posible.

La rabia formaba un fuego inextinguible en su interior. Él pagaba porque ella era una mocosa privilegiada y mimada que no sabía aceptar un rechazo. Que había actuado llevada por una envidia venenosa a su hermana, por unos celos que la habían impulsado a arruinarle la boda.

Sin embargo, también lo atormentaba su conciencia. Había sucumbido a los encantos, muy evidentes, de ella. Había tenido que luchar contra su deseo desde el primer momento en que la había visto.

Recordaba bien cómo lo había mirado ella, con un brillo familiar en los ojos, el brillo de una mujer que olía el poder de él. Que intuía una conquista. Y luego se había acercado como si fuera la dueña del mundo. Como si pudiera poseerlo a él con solo mover las pestañas. Y él casi había caído presa de ella en cuanto había visto aquellos increíbles ojos de cerca.

Uno azul y el otro verde y azul.

Una anomalía genética curiosa en un rostro perfecto. Pómulos altos, nariz patricia y una boca tan exuberante que podía incitar a un hombre al pecado.

Arkim apretó los labios Las repercusiones de su debilidad eran evidentes. El matrimonio con Sophie Lewis había sido suspendido. Y la importante inversión que había hecho en la empresa de Grant Lewis se hallaba al borde del colapso. Perder aquello no mermaría mucho sus finanzas, pero la subsiguiente pérdida de posición profesional, sí.

Estaba como al principio. Tenía que volver a probar su valía. Su equipo había pasado la semana lidiando con llamadas de clientes que expresaban dudas y miedos de que la sólida reputación de Arkim en los negocios fuera tan temblorosa como su vida personal. Sus acciones estaban en caída libre.

La prensa rosa se había puesto las botas con la historia y caricaturizado a sus personajes: El estoico padre sufridor; la hija escandalosa empeñada en vengarse por envidia; la dulce e inocente novia, la víctima; y la despiadada trepadora social, la madre.

Y Arkim, hijo de uno de los hombres más ricos del mundo, que dominaba la industria pornográfica mundial.

Saul Marks llevaba una vida de excesos en Los Ángeles, y Arkim no lo había visto desde los diecisiete años. Mucho tiempo atrás había hecho la promesa de escapar de la vergonzosa reputación de su padre, y había llegado hasta cambiarse legalmente el apellido en cuanto le había sido posible. Había adoptado uno que había pertenecido a un antepasado lejano de su madre, pues sospechaba que a sus familiares actuales más próximos no les gustaría que su pariente bastardo reclamara su apellido.

La madre de Arkim había procedido de una familia rica del país árabe de Al-Omar. Había ido a estudiar a una universidad norteamericana, donde Saul Marks la había conocido y seducido. Ingenua e inocente, no había sido capaz de resistirse a aquel norteamericano carismático y atractivo.

Pero cuando descubrió que estaba embarazada, Marks ya había cambiado de novia. Había apoyado económicamente a la madre de Arkim, pero no había querido tener nada más que ver con ella ni con el niño, hasta que ella murió en el parto y Marks se vio obligado a ocuparse del niño porque la familia de Zara en Al-Omar no expresó ningún interés por el hijo de su difunta hija.

Arkim había pasado sus primeros años en una serie de internados ingleses y con niñeras impersonales y, en contadas ocasiones, con un padre reacio y con su abrumadora colección de amantes, que procedían invariablemente de la industria del porno.

Una de ellas había mostrado un interés insano por Arkim y le había dado una importante lección sobre lo vital que era mantener el autocontrol.

Pero una semana atrás, cuando la boda social de la década había explotado de un modo escandaloso, todas sus ambiciones y esfuerzos por distanciarse de la vergüenza y el escándalo, se habían visto reducidos a polvo.

Y todo por una bruja pelirroja.

Una bruja que había conseguido de algún modo atravesar sus defensas. Le molestaba recordar lo mucho que le había costado separarse de ella en la biblioteca. Solo lo había conseguido cuando había comprendido que intentaba seducirlo para alejarlo de su hermana.

Lo único que lo había mantenido a flote en esa semana de ignominia y vergüenza públicas había sido la posibilidad de vengarse de Sylvie Devereux. Y el tipo de venganza que tenía en mente la apartaría definitivamente de su mente y de su cuerpo.

Porque ella llevaba meses habitando oscuros y secretos rincones de su mente y de su imaginación. Incluso durante su compromiso con la hermana, mucho más dulce e inocente que ella.

Sylvie no solo le había hecho daño a él, también había jugado sin piedad con la vida de su hermana. La joven se había mostrado inconsolable, totalmente decidida a no darle una segunda oportunidad a Arkim. ¿Y cómo culparla? ¿Quién iba a creer al hijo de un hombre que vivía su vida como si fuera una bacanal?

Las palabras de Sylvie Devereux en la iglesia resonaban todavía en su cabeza. «Este hombre compartió mi cama». Y, sin embargo, su cuerpo reaccionaba a ellas con frustración. Porque, desde luego, ella no había compartido su cama. Había sido una mentira creada para causar el máximo daño posible.

Si Sylvie Devereux lo deseaba tanto, lo tendría... Hasta que él se saciara de ella y pudiera volver a arrojarla a la basura, donde estaba su sitio.

Pero sería en sus propios términos y lejos de la mirada del público. No toleraría más daños en su reputación.

Sylvie miró por la ventana del pequeño avión privado el mar de arena que se extendía bajo ellos y, en la distancia, envuelta en una niebla de calor, una ciudad de acero que parecía surgida de una película futurista.

La arena del desierto de Al-Omar y su capital, B'harani.

Algunos la llamaban la joya de Oriente Medio. Era uno de los países más progresistas de la zona, gobernado por una pareja real dinámica y moderna. Sylvie acababa de leer un artículo sobre ellos en una revista del avión: el sultán Sadiq, su esposa la reina Samia y sus dos hijitos.

La reina Samia era más joven que Sylvie. Era muy hermosa, y su esposo la miraba como si nunca hubiera visto a una mujer.

Sylvie había visto a su padre mirar así a su madre.

Apartó de sí un anhelo repentino y recurrió al cinismo que llevaba años alimentando. El sultán Sadiq quizá se hubiera reformado, pero ella recordaba sus visitas al teatro de variedades L'Amour y sus relaciones con algunas de las chicas.

Pero no con ella. Cuando salía del escenario y se cambiaba de ropa, pasaba desapercibida. Ella prefería ir a casa a leer o cocinar en lugar de quedarse de fiesta con los ricos y atractivos clientes.

–¿Señorita Devereux? Aterrizaremos enseguida.

Sylvie miró a la hermosa azafata de piel morena, ojos marrones y pelo negro lustroso y le sonrió. La mujer le recordó a alguien de piel similar, aunque mucho más masculino, y más peligroso.

Recordó una vez más aquel horrible día de dos semanas atrás y el escrutinio público y la humillación subsiguientes. Y la cara de él. Oscura e implacable. Aquellos ojos negros que le quemaban la piel.

Había avanzado hacia ella con rabia evidente. Pero la madrastra de Sylvie se le había adelantado y la había abofeteado con tanta fuerza que le habían castañeteado los dientes y se le había partido el labio.

Pero veía también mentalmente el rostro de su hermana. Pálido y lloroso. Con ojos enormes. Escandalizada. Aliviada. Y aquel alivio hacía que todo valiera la pena. Sylvie no se arrepentía de lo que había hecho. Sophie no tenía que estar con Arkim Al-Sahid.

Se abrochó el cinturón y apartó su mente de los

recuerdos para pensar en lo que la esperaba allí. Aunque no estaba nada segura de lo que era.

Algunas chicas de la revista y ella habían sido invitadas a dar un espectáculo privado en la fiesta de cumpleaños de un jeque importante. Sylvie no volaba con las otras porque habían viajado antes. A ella la habían incluido después, y por eso iba sola en el avión privado.

Aquello no era raro. Su compañía había actuado en privado para distintas personas de todo el mundo. Incluso habían estado en una residencia el verano anterior en Las Vegas. Y, sin embargo, había algo allí que hacía que le cosquilleara la piel de un modo incómodo.

Aterrizaban ya, y se dio cuenta de que estaban bastante fuera de los límites de la ciudad y, hasta donde alcanzaba la vista, solo había desierto. El aeropuerto consistía solo en unos cuantos edificios pequeños y una pista construida en el paisaje árido. Sylvie sintió mariposas en el estómago.

Cuando se detuvo el avión, la escoltaron hasta la puerta y el calor del desierto la golpeó con tal fuerza que tuvo que respirar hondo el aire seco y caliente. Su cuerpo se llenó de sudor al instante. Pero aparte de nervios, sentía también júbilo al ver la amplitud del cielo azul y las dunas onduladas en la distancia.

Estaba muy lejos de todo lo que le resultaba familiar, pero aquel paisaje extraño la tranquilizó un poco después del estrés de las dos últimas semanas. Era como si allí nada pudiera hacerle daño.

—Señorita, la espera su coche.

Sylvie miró el automóvil negro reluciente. Se

puso las gafas de sol, bajó las escaleras y se acercó hasta donde el chófer le sujetaba la puerta abierta. El hombre llevaba una túnica larga color crema, con pantalones ajustados debajo y un turbante en la cabeza.

Alguien metía ya su equipaje en el maletero y Sylvie sonrió cuando el chófer le hizo una reverencia y le indicó que entrara.

Entró con alivio. Anhelando el aire acondicionado y con ganas de sujetarse el cabello en alto, fuera del cuello.

Se cerró la puerta, el chófer se sentó ante el volante y entonces se subió el panel de separación y Sylvie se dio cuenta de que no estaba sola en el asiento de atrás.

—Confío en que hayas tenido un vuelo agradable.

La voz era profunda, fría y... Y conocida. Sylvie volvió la cabeza con la sensación de que todo transcurría a cámara lenta.

Arkim Al-Sahid estaba sentado en el rincón opuesto del automóvil, que ya se movía. Sylvie sintió calor y frío a la vez. La sorpresa no la dejaba hablar.

Él vestía su habitual traje de tres piezas. Como si estuviera en París o en Londres y no allí, en medio de una tierra árida golpeada por el sol. Su expresión era sombría y líneas crueles parecían recorrer su rostro.

Arkim extendió una mano, le quitó las gafas de sol y las guardó en su bolsillo. Sylvie parpadeó y lo miró. Llevaba el pelo oscuro apartado de la frente. Sus ojos eran oscuros y profundos y su nariz patricia le daba un ligero aire de halcón.

Y la boca... Era una boca cruel y burlona. Una boca que recordaba exigente y dura y que se curvaba en aquel momento en una semblanza de sonrisa. Una sonrisa que prometía venganza.

–¿Y bien, Sylvie? –preguntó él–. Van a ser dos semanas muy decepcionantes si has perdido la habilidad de hacer algo con la lengua.

Arkim intentó ignorar el latido frenético de su pulso, que se había acelerado desde que la había visto aparecer en la puerta del avión. Delgada, pero muy femenina. Su cabello pelirrojo brillaba como el sol poniente en el mar de Arabia. Su rostro era pálido como el alabastro y su piel perfecta y sin mácula. Sus ojos eran grandes y en forma de almendra, lo que le daba un aire felino. La leve decoloración de su ojo izquierdo no hacía nada por disminuir su atractivo, solo lo aumentaba.

–¿Dónde están las otras chicas? –preguntó ella en voz baja.

Arkim miró su reloj.

–Muy probablemente actuando en la fiesta de uno de los principales asesores del sultán, el jeque Abdel Al-Hani. Mañana por la mañana volverán en avión.

Sylvie palideció aún más.

–¿Y por qué no estoy yo también allí? ¿Qué demonios es esto, Arkim?

Él se recostó en su asiento.

–Lo creas o no, la gente aquí me llama jeque, una distinción concedida por el propio sultán, que además es un antiguo compañero de colegio. Pero me voy por las ramas. Esto es venganza. Es porque tu pataleta envidiosa tuvo muchas consecuencias y no va a quedar sin castigo.

Sylvie alzó una mano que Arkim notó que temblaba levemente. Apartó sin piedad la compasión súbita que sintió. Aquella mujer solo merecía su desprecio.

–¿Y qué es esto? ¿Me has secuestrado?

–Yo lo llamaría vacaciones –contestó él–. Has venido aquí por voluntad propia y puedes irte cuando quieras. Simplemente, no te será fácil marcharte porque no hay transporte público ni cobertura de móvil. Así que temo que tendrás que esperar hasta que yo también me vaya. Dentro de dos semanas.

Sylvie apretó los puños en su regazo.

–Cruzaré el desierto andando si es preciso.

–Inténtalo y tendrás suerte si sobrevives veinticuatro horas –repuso él con calma–. Es una muerte segura para cualquiera que no conozca el terreno, por no mencionar que alguien con una piel tan blanca se abrasaría entera.

Sylvie sintió pánico.

–¿Y mi trabajo? Esperan que vuelva mañana.

El rostro de Arkim permanecía inexpresivo.

–Tu trabajo no se verá afectado. Tu jefe ha sido recompensado generosamente por el uso de tu tiempo. Hasta tal punto que ya puede hacer la reforma que lleva años planeando. La revista cerrará un mes a partir de la próxima semana por las obras.

Sylvie tragó saliva. Cada vez sentía más pánico.

–Pierre jamás dejaría que una de sus chicas fuera sola en un encargo. Protestará al ver que no vuelvo.

Arkim sonrió.

–A Pierre se le ha asegurado que vas a trabajar de profesora con una de las hijas del jeque y sus amigas, que quieren aprender a bailar al estilo occidental. Y no tiene por qué enterarse de que estás aquí conmigo y no en casa del sultán.

Sylvie se cruzó de brazos e intentó que no se le notara lo asustada que estaba.

–Estoy sorprendida –dijo con burla–. Pensaba que tu moral no te permitiría acercarte a mí. Ni mucho menos organizar una actuación privada.

Arkim ya no sonreía.

–Estoy dispuesto a arriesgar algo de corrupción moral por lo que quiero. Y te quiero a ti.

Ella respiró con fuerza.

–Debería haber sabido que no tenías escrúpulos. ¿O sea que crees que me has comprado como a una prostituta?

Él volvió a sonreír con crueldad.

–Vamos, vamos. Los dos sabemos que eso no está muy alejado de lo que eres.

Esa vez Sylvie no pudo contenerse. Se lanzó sobre él con la mano extendida, preparada para golpear, pero él le agarró las muñecas con fuerza y ella cayó pesadamente contra su cuerpo.

Al instante sus venas se llenaron de calor y electricidad. No era inmune a su proximidad ni siquiera entonces, dominada por el pánico.

–Deja que me vaya.

–De eso nada. Tenemos asuntos pendientes y no

saldremos de este lugar hasta que nos ocupemos de ellos.

Sylvie era muy consciente del cuerpo de él pegado al suyo.

—¿De qué hablas? —preguntó con voz temblorosa.

La expresión de los ojos de él cambió por primera vez. Brillaron con un calor que Sylvie sintió en lo profundo de su vientre.

—Hablo de que vas a ser mía, una y otra vez, tanto tiempo como sea necesario hasta que pueda volver a pensar con claridad —su voz adquirió un deje de amargura—. Lo has conseguido, Sylvie. Ya me tienes.

Ella se soltó por fin y se apartó todo lo que pudo.

—Yo no te deseo. Cuando se pare este coche, me largo de aquí y tú no podrás detenerme.

Arkim parecía divertido.

—Cada vez que nos hemos visto has demostrado cuánto me deseas, así que ahora no digas lo contrario. Y tardarías una semana en llegar andando a B'harani, y días en cualquier otra dirección antes de llegar a la civilización.

Sylvie se cruzó de brazos.

—Esto es ridículo. No puedes obligarme a hacer nada que yo no quiera.

Él la miró, y en su mirada había algo tan explícito, que ella se sonrojó.

—No necesitaré usar la fuerza —dijo él.

—Eso solo prueba lo poco que sentías por mi hermana. Haciéndome daño a mí se lo harás a ella.

La expresión de Arkim se volvió incrédula.

–¿Te atreves a hablar de hacerle daño a tu hermana cuando tú la humillaste públicamente?

Sylvie pensó en defenderse, pero se contuvo. Jamás traicionaría la confianza de su hermana. Sophie solo había sido un peón para él. Y ella, Sylvie, había hecho lo correcto.

–Ah, hemos llegado –dijo él.

Sylvie miró al frente y vio un aeródromo pequeño con un helicóptero negro preparado.

–Vámonos –dijo él, cuando se detuvo el coche.

Ella negó con la cabeza.

–No saldré de aquí. Me quedo en este coche y quiero que me lleve de vuelta adonde hemos aterrizado o a B'harani. Me han dicho que es una ciudad interesante y quiero conocerla.

Confiaba en que no se notara mucho en su voz la desesperación que sentía.

–Este automóvil lo conduce un hombre que solo habla un idioma y no es el tuyo –dijo él–. Me obedece a mí y a nadie más.

Una sensación de futilidad se apoderó de Sylvie. Estaba claro que no ganaría aquel asalto.

–¿Adónde te propones llevarme? –preguntó.

–A una casa que poseo en la costa del mar de Arabia. Al norte de B'harani y a cien kilómetros de la frontera con Burquat. Merkazad está en dirección oeste, a unos mil kilómetros.

Curiosamente, los detalles geográficos tranquilizaron a Sylvie, aunque seguía sin saber dónde estaban, pues nunca había ido a aquellos lugares.

–Y cuando lleguemos a ese sitio, ¿no me obligarás a hacer nada que yo no quiera? –preguntó.

Arkim negó con la cabeza.

–No, Sylvie. No forzaré nada. No soy un sádico.

Ella deseaba abofetearlo por su arrogancia, pero, en vez de eso, le sonrió.

–Últimamente he trabajado mucho y estoy deseando unas vacaciones con todos los gastos pagados. Es desafortunado que tenga que compartir el lugar contigo, pero estoy segura de que podremos respetar el espacio del otro.

Arkim sonrió.

–Ya veremos.

Sylvie no había subido nunca a un helicóptero, y le gustaron más de lo que quería admitir las dunas del desierto que ondulaban bajo ellos y se perdían en la distancia, como curvas sinuosas de un cuerpo. Todo le resultaba completamente extraño y cautivador.

Llevaban poco rato en el aire cuando le llegó una voz profunda a través de los auriculares.

–Esa es mi casa, Al-Hibiz, justo debajo y a la izquierda.

Sylvie miró hacia abajo y se quedó sin aliento. Aquello no era una casa, parecía un castillo pequeño pero formidable, que incluía murallas y tejados planos. Era claramente árabe en estilo, con paredes de color ocre. Dentro de esas paredes se veían jardines exuberantes y el mar de Arabia brillaba en la distancia. Lejos también se veía lo que parecía un oasis, una mancha verde. El conjunto parecía sacado de un cuento de hadas.

Eso la distrajo de la sorpresa que había sentido al ver que Arkim era el copiloto del helicóptero y del modo en que la había tocado al abrocharle el cinturón, con los dedos demasiado cerca de los pechos, debajo de la fina camiseta.

El helicóptero descendía ya sobre una zona llana al lado de los muros del castillo, que parecía mucho más grande de cerca. Había hombres esperándolos, hombres que se sujetaban las túnicas y turbantes contra el aire que levantaba el helicóptero.

Cuando este se detuvo, un silencio delicioso los envolvió un momento, antes de que Arkim saliera y los hombres se acercaran. Sylvie le vio saludarlos en un idioma gutural, con una amplia sonrisa en el rostro.

Aquello la dejó sin aliento. Era la primera sonrisa genuina que le había visto... Si no contaba la sonrisa sexy cuando su mano había explorado entre las piernas de ella...

–Sal ya, Sylvie. El helicóptero tiene que volver.

Ella hizo una mueca, se desabrochó y obedeció, tambaleándose un poco en el suelo firme azotado por el sol.

Los empleados cargaban el equipaje en la parte de atrás de una minifurgoneta y Arkim la llevó hasta lo que parecía un carrito de golf de lujo. Le indicó que subiera y, después de un momento de vacilación, ella así lo hizo.

Estaba atrapada allí con él.

Arkim subió a su lado y condujo el pequeño vehículo hasta la entrada del castillo. Las enormes puertas de madera estaban abiertas. Entraron en un patio hermoso, con una fuente en el centro. El vehículo se detuvo y Arkim bajó y le tendió la mano. Sylvie la ignoró y saltó al suelo.

–Bienvenida a mi casa –dijo él, con una sonrisa burlona–. Espero que tu estancia aquí resulte... catártica.

Capítulo 3

SYLVIE caminaba adelante y atrás en las habitaciones que le había mostrado Arkim. ¿Catártica? ¡Qué hombre tan arrogante y estúpido!

Cuando llamaron a la puerta, corrió a abrir, dispuesta a luchar con él, pero se encontró con dos mujeres bonitas y sonrientes. Llevaban consigo sus dos maletas de ruedas. Una con la ropa de baile, ya innecesaria, y la otra con su ropa.

Sylvie sonrió a su vez y se apartó. Las otras entraron y ella reparó en sus vestidos, blancos inmaculados, como túnicas largas. Se cubrían también el pelo con pañuelos blancos, pero no llevaban velo.

Cuando se disponían a salir de nuevo, una de ellas se detuvo y dijo con timidez:

–Soy Halima. Si necesita algo, levante el teléfono y vendré.

Bajó la cabeza y se retiró, dejando a Sylvie un poco abrumada. ¿Tenía una doncella solo para ella?

Arkim la había dejado allí con instrucciones de que descansara y la avisaría cuando la cena estuviera lista. Sylvie vio que el cielo empezaba a teñirse de rojo por el atardecer y reparó por vez primera en la opulencia de las estancias.

Estaba en una zona que era tres veces más grande que su apartamento de París. Un espacio octogonal enorme, con un estanque pequeño en el centro, con azulejos en el fondo y en los laterales y peces exóticos nadando en él.

Fuera de esa zona principal había ocho habitaciones. Dos cuartos de invitados, un comedor y una sala de estar con aparatos de música y una televisión gigante.

La decoración era sutil y sencilla. Los muros de piedra del castillo estaban al descubierto y una mezcla de antigüedades y arte moderno matizaba lo austero del edificio. Enormes alfombras orientales adornaban los suelos. Todas las ventanas estaban abiertas a los elementos, y aunque fuera hacía mucho calor, el castillo había sido diseñado de modo que entrara la brisa por las habitaciones abiertas.

También había un gimnasio y una sala termal con jacuzzi, sauna y baño de vapor. Y luego estaba la suite del dormitorio principal, decorada en tonos rojo oscuro y crema. Del techo colgaba un ventilador, que distribuía el aire para mantenerlo fresco.

La cama estaba situada en mitad de la estancia, cubierta con opulentos cojines y colchas. Tenía cuatro columnas y cortinones lujosos, que estaban abiertos y sujetos con delicadas tiras doradas. La cama parecía bastante grande para un equipo de fútbol completo.

Pero Sylvie tenía una cosa clara. Arkim Al-Sahid no compartiría su lecho. Durante años había visto a sus compañeras mantener relaciones sexuales pasajeras y, en cierto modo, les había envidiado esa libertad. Ella había salido con hombres, pero todos habían esperado que fuera lo que no era. Y cuando habían presionado para tener sexo, ella se había cerrado en banda. No podía sacudirse el miedo a que pudieran ver a la «verdadera Sylvie» y rechazarla.

Le resultaba mortificante que pareciera estar programada para buscar algo que no fuera pasajero, basándose en el frágil recuerdo de la felicidad y alegría que había existido entre sus padres antes de la muerte trágica de su madre. Se había aferrado a eso toda su vida.

Y resultaba más mortificante todavía que Arkim Al-Sahid la mirara con lujuria y causara en ella el efecto contrario al de cerrarse en banda. Cuando la miraba, sentía que algo florecía en lo más profundo de su interior.

Irritada con sus pensamientos, se dirigió a las puertas de cristal del dormitorio y salió al exterior. El calor la envolvió como una caricia seca, derritiendo parte de la tensión, a pesar de su deseo de mantenerse rígida a toda costa.

Tenía una terraza privada, que incluía un estanque pequeño, cuyos azulejos color turquesa iluminaban el agua. Había asientos bajos con cojines de seda esparcidos por allí, en grupos de dos y tres, alrededor de mesitas.

Fuera solo se veían desierto y dunas. Y un pájaro de presa que volaba perezosamente contra el azul del cielo.

Un sonido a sus espaldas la hizo volverse con el

corazón en la garganta. Pero era de nuevo Halima, con su sonrisa tímida.

–El jeque Al-Sahid me envía a decirle que quiere que se reúna con él en una hora para cenar.

A Sylvie se le ocurrió algo.

–Espera –dijo–. Quiero que le lleves algo, por favor.

Entró en el dormitorio y volvió con una nota doblada.

–Por favor, dáselo al jefe de mi parte.

La chica se alejó y Sylvie cerró la puerta. Una oleada de cansancio la envolvió, apagando cualquier pequeña sensación de triunfo que pudiera tener. Empezó a desempaquetar solo los artículos más necesarios, pues no tenía intención de pasar más de una noche allí. Haría lo que fuera preciso para persuadir a Arkim de que la dejara ir.

Le decepcionó comprobar que era verdad que su teléfono móvil no funcionaba. Se quitó la ropa y buscó una bata. Cuando entró en el cuarto de baño, se quedó sin aliento. Los lavabos y la bañera parecían tallados en piedra, con grifería dorada que conseguía complementar el diseño austero sin resultar hortera.

La bañera era más bien una piscina pequeña. Cuando la llenó y añadió aceites que encontró en un armario inteligentemente escondido, un vapor con fragancias exóticas la envolvió como una caricia.

Se quitó la bata y entró en el baño. El agua se cerró en torno a su cuerpo y ella echó atrás la cabeza, cerró los ojos y procuró no pensar en Arkim Al-Sahid y fingir que estaba de vacaciones y no en medio de un desierto implacable, alejada de la civilización y con un hombre que la odiaba.

Arkim miraba las vistas, la luz del atardecer que convertía las dunas en sombras misteriosas. Había reclamado aquella parte del hogar ancestral de su familia materna. La familia no sentía ningún interés por él, y Arkim se había dicho hacía tiempo que no le importaba. Habían rechazado a su madre y no quería tener nada que ver con ellos.

En un primer momento había ido allí para alejarse de la esfera de su padre. No había esperado que aquella tierra lo conmoviera de un modo tan profundo. Casi como si tirara de él físicamente. Cuando estaba allí, se sentía automáticamente más libre, menos constreñido. Conectado con algo primitivo y visceral.

Cuando hubo ganado su primer millón, aquella fue la primera propiedad que compró. Aunque luego siguieron otras en París, Londres y Nueva York. Había logrado sus objetivos uno por uno. Todos. Solo para fracasar en el último: Ganarse el sello de aprobación social y respeto que mostraría a todos que no era el hijo de su padre. Que era completamente distinto.

Pensó en Sophie Lewis y sintió una punzada de culpabilidad. No pensaba en ella a menudo. De hecho, había tenido sus dudas, pues su relación había sido muy... platónica. Pero Arkim se había convencido de que era mejor así. El padre de ella había sido el primero en sugerir el enlace y a Arkim le había ido gustando cada vez más la idea.

Sophie era como un bálsamo gentil. Tímida e inocente. La había cortejado. La había llevado a cenar y al teatro. Cada salida con ella había reclamado un trozo más de su alma herida, y había llegado a creer que aquel matrimonio le ofrecería todo lo que siempre había querido, que era la antítesis de la vida de su padre.

Él sería un padre respetable y respetado, que iría al colegio a recoger a su hijo con su hermosa esposa al lado. Un frente unido. No habría escándalos ni niños nacidos fuera del tálamo. Ni amantes, ni rumores sórdidos. Ningún hijo suyo tendría que pelear con los puños cuando otros niños le hiciera burlas sobre las prostitutas con las que se acostaba su padre.

Pero los dioses se habían reído en su cara de su ambición y le habían mostrado que era un tonto al creer que podría borrar alguna vez de su vida la mancha del legado de su padre.

Miró el papel arrugado que tenía en la mano y lo estiró para volver a leerlo.

Gracias por la amable invitación a cenar, pero tengo que rechazarla. Ya he hecho planes para esta velada.
Sinceramente. Sylvie Devereux.

Arkim tenía que combatir la irritación y la lujuria que lo invadían desde que había visto a Sylvie ese día. Combatió el impulso de ir inmediatamente a confrontarla a su habitación, porque sin duda era eso lo que ella quería.

No le importaba que jugara un poco con él, siempre que acabara donde él la quería... Debajo de él, desnuda y suplicando merced. Suplicando perdón.

Cuando Sylvie despertó, fuera estaba oscuro. Tenía la sensación de haber dormido una semana, no solo las diez horas que había dormido. Curiosamente, no se sentía nada desorientada. Sabía perfectamente dónde estaba.

Seguía llevando la bata. Se levantó y abrió las puertas de cristal que daban a la terraza. La brisa fresca de la mañana era como un bálsamo comparada con el calor sofocante que sin duda llegaría cuando subiera el sol. Salió al exterior y respiró hondo. La envolvía un silencio intenso.

Volvió a entrar y se puso vaqueros y una camiseta limpia.

Un rato después apareció Halima, con rostro fresco y sonriente. Llevaba una bandeja con el desayuno, que dejó en la mesa del comedor.

A Sylvie le sonó el estómago y se dio cuenta de que no había comido nada desde el día anterior en el avión. Cuando Halima retiró una servilleta de tela y mostró un plato de pan plano fragante, reprimió un gemido de placer. Aquello era un festín de estilo *mezze*, con boles pequeños con aceitunas y distintos quesos, duros y blandos. Y una elección de café oloroso o té.

Antes de salir, Halima dijo:

–El jeque Al-Sahid le envía sus disculpas. Tiene asuntos pendientes. Si no, se reuniría con usted. Ha dicho que se verán para el almuerzo.

Sylvie forzó una sonrisa. No podía matar al mensajero.

–Gracias.

Después de que se marchara Halima y ella comiera hasta hartarse, caminó un rato por las habitaciones, pero se sentía cada vez más claustrofóbica. Sabía que debía hacer ejercicios para mantenerse flexible, pero estaba demasiado ansiosa para concentrarse. Salió de sus habitaciones y recorrió largos corredores de piedra desde donde divisaba a veces patios curiosos y otros espacios abiertos.

A través de uno de ellos vio una terraza con elaboradas columnas altas de piedra y una piscina grande, situada junto a uno de los laterales del castillo. Era un lugar idílico.

Siguió explorando. Algunas puertas estaban cerradas y se privaba de abrirlas por miedo a tropezar con Arkim.

Al final llegó a la puerta principal, que daba al patio central. La adrenalina inundó sus venas cuando vio el carrito de golf con el que habían entrado en el castillo el día anterior. La llave de contacto estaba puesta. Y desde allí veía que las puertas exteriores que daban acceso al complejo del castillo estaban abiertas.

No se detuvo a pensar. Actuó por instinto. Entró en el carrito, lo puso en marcha y salió del castillo con el corazón latiéndole con fuerza.

Menos de una hora después, hundía los pies en la arena. Estaba encima de una duna, con el carrito de golf averiado delante de ella. Le dio una patada con furia. Se había parado allí diez minutos antes.

El sol golpeaba sin misericordia y, hasta donde alcanzaba la vista, solo había arena y más arena. Olas de calor titilaban en la distancia.

Por supuesto, Sylvie ya se había dado cuenta de lo estúpida que había sido al partir de aquel modo. No tenía agua ni comida ni idea de dónde estaba. Aunque hubiera tenido los medios, no sabía desde qué dirección había llegado allí.

Tenía la camiseta pegada a la piel y los vaqueros le resultaban muy calientes y demasiado ajustados. En aquel momento habría dado algo por una túnica blanca fresca y por cubrirse la cabeza. La piel le picaba bajo el sol y el techo del carrito ofrecía poca protección.

Los ojos se le llenaron de lágrimas. Arkim Al-Sahid la había empujado a aquel gesto desesperado. Deseó no haberlo visto nunca.

Captó algo por su visión periférica y miró con más atención. Por un segundo se preguntó si veía visiones.

Un hombre se acercaba a caballo. Solo que no era un caballo corriente, sino un enorme alazán negro. Y el hombre...

Sylvie tuvo la sensación de haber retrocedido algunos siglos. El hombre vestía túnica blanca con una kufiya alrededor de la cabeza. La tela oscurecía su rostro y dejaba solo visibles los ojos y algo de piel oscura. Alrededor de la cintura parecía llevar un cinturón con una daga enjoyada.

Cuando llegó a su lado, saltó del caballo con una

gracia innata que hizo que a ella se le secara la boca.

Ató el caballo al carrito. Hasta el momento en el que se apartó la tela que le cubría la boca, ella siguió esperando que fuera cualquiera menos él. Pero, por supuesto, Arkim la había encontrado. Parecía tener un radar en lo referente a ella.

—¡Estúpida! ¿Qué demonios esperabas conseguir con esto? —gritó.

—Quería alejarme de ti, por si no resulta bastante obvio —gritó también ella.

Los ojos de él brillaron como obsidianas.

—¿En un carrito de golf sin ninguna de tus cosas? ¿De verdad pensabas que podías saltar alegremente durante cientos de kilómetros por el desierto y llegar a repostar a la gasolinera más cercana?

Sylvie, humillada, se lanzó contra él y le golpeó el pecho con los puños.

Arkim le agarró los brazos con facilidad y la sujetó inmóvil. El espacio entre ellos se llenó de tensión y, por un momento, Sylvie pensó que la iba a besar, pero entonces se oyó ruido y los dos alzaron la vista y vieron dos jeeps que se dirigían hacia ellos por encima de las dunas.

Sylvie ya solo quería escapar al castillo lo antes posible y encerrarse en sus habitaciones. Estaba atrapada entre la espada y la pared y la idea no le hacía ninguna gracia.

Los jeeps se detuvieron y de ellos salieron empleados preocupados. Sylvie se sintió culpable por haber causado aquella búsqueda.

Arkim la llevó en silencio hasta el vehículo más

próximo y dijo unas palabras al conductor. Luego abrió la puerta de atrás y tendió a Sylvie una botella de agua.

–Bebe o te deshidratarás.

Ella obedeció y bebió largamente. Después Arkim sacó una túnica blanca larga de la parte de atrás y se la tiró.

–¿Tengo que ponerme esto? –preguntó ella.

–Sí –repuso él–. Ya te has quemado.

Sylvie se puso la túnica de manga larga y le sorprendió que al instante se sintió más fresca, lo cual resultaba extraño, teniendo en cuenta que se ponía más ropa.

Luego él se quitó la tela de la cabeza y se la echó a ella por el pelo a modo de chal. Empezó a envolver la tela alrededor de su cabeza hasta que solo quedó un trozo largo que le puso alrededor de la boca y recogió dentro de la tela en la parte de atrás.

Entonces Sylvie se dio cuenta de que los jeeps se alejaban ya en la distancia, arrastrando el carrito detrás. Apartó la tela que le cubría la boca.

–¿Adónde van los jeeps? –preguntó.

Él acercó el caballo hacia ella.

–Tú y yo vamos a hacer un viajecito.

Sin darle tiempo a preguntar nada, la tomó por la cintura y la subió al caballo sin esfuerzo. Sylvie se agarró a la silla con fuerza. No había subido a un caballo desde la adolescencia.

Arkim puso un pie en el estribo y se sentó detrás de ella con una agilidad asombrosa.

–Tápate la boca –dijo.

–¿Adónde vamos? –preguntó ella.

Arkim soltó un gruñido.

–¿Nunca haces nada de lo que te dicen? –le tapó firmemente la boca con la tela–. Evitará que te entre arena.

Sylvie no pudo contestar porque empezaron a galopar en dirección contraria a la que habían seguido los jeeps. Por un momento histérico, pensó que quizá la iba a abandonar en el desierto.

Pero poco a poco, a medida que seguían galopando por la arena, notó que se iba relajando contra el cuerpo de Arkim, dejándole a él llevar su peso. Él rodeaba el torso de ella con un brazo y ella sintió que el espacio íntimo entre sus piernas se suavizaba y humedecía.

Perdía rápidamente toda sensación de realidad. El mundo real y la civilización parecían estar muy lejos.

Después de unos veinte minutos, Arkim detuvo el caballo, desmontó y le tendió los brazos a Sylvie.

–Pasa la pierna por encima del animal –le dijo.

Ella obedeció, se deslizó hacia abajo y sus manos aterrizaron en los hombros amplios de él, que la tomó por la cintura y la depositó en el suelo. Ella vio las riendas del animal sueltas y preguntó con nerviosismo:

–¿El caballo no se irá?

–Aziz no se moverá a menos que yo lo diga. Y no tardaremos mucho –contestó él.

Sylvie se apartó de él. Miró a su alrededor. Solo veía cielo azul y dunas.

–¿Por qué estamos aquí? –preguntó.

Arkim se plantó ante ella con los brazos en jarras.

–Porque aquí es donde habrías acabado si no te hubieras quedado sin gasolina –contestó–. Aquí es donde te habríamos encontrado, con suerte, dentro de dos días, deshidratada y abrasada.

Sylvie lo miró y se estremeció.

–Exageras.

Arkim se puso lívido. Le agarró los brazos.

–No exagero. En este momento el desierto parece en calma, ¿no crees?

Ella asintió.

–Pues no lo está. Pronto habrá una tormenta de arena. ¿Has estado en alguna?

Ella negó con la cabeza.

–Imagina una ola que viene hacia ti, solo que está hecha de arena y escombros, no de agua. Te sofocaría en cuestión de segundos.

El horror le hizo entender por fin a Sylvie lo insensata que había sido. Optó por enfadarse. Arkim hacía que se sintiera como un barquito pequeño agitándose en un mal rugiente.

–Vale. Entiendo. Lo que he hecho ha sido una temeridad. No pretendía causarles tantas molestias a todos. Pero, por si lo has olvidado, tú tienes la culpa de que estemos aquí.

Arkim miró el rostro hermoso y desafiante de ella y sintió tal mezcla de emociones que se mareó. Movió la cabeza, pero nada racional subió a la superficie. Solo la veía a ella.

Bajó la boca y la besó en los labios, y al instante

olvidó todo lo que no fuera la caricia de su lengua en la de ella, exigiendo una respuesta.

Ella se resistió durante largos segundos, pero él notó que se relajaba poco a poco, como si perdiera una batalla consigo misma. Una vez más, captó una increíble vacilación, como si ella no supiera qué hacer. A Arkim le hervía la sangre al pensar que ella pudiera afectarle de aquel modo. Le sujetó la parte de atrás de la cabeza y le puso la mano donde el cuello se unía con el hombro, en un gesto descarado de posesión. Buscó con el pulgar el pulso de ella y lo encontró errático, lo que le dijo que, por muy buena actriz que fuera, no podía controlarlo todo.

Y por fin sintió que relajaba los brazos y empezaba a subirlos hacia su cuello, buscando un contacto más íntimo con él. Su boca se suavizó y él sintió una oleada de triunfo.

Quería arrojarla al suelo allí mismo y poseerla. El deseo era tan fuerte que temblaba en su esfuerzo por controlarlo. Pero se impuso la realidad. Estaba en medio del desierto, bajo un sol de justicia. Con una mujer a la que odiaba y deseaba.

Se apartó con un gran esfuerzo y ella hizo lo mismo, como si la idea hubiera partido de ella.

–¿Has olvidado que eres un hombre civilizado? –preguntó.

Hasta su voz sonaba apropiadamente temblorosa. Pero Arkim casi no la miró mientras tomaba las riendas.

–Aquí no tengo que ser civilizado –respondió–. No puedes evitar actuar constantemente, ¿verdad? Fingir que no quieres esto.

–Yo no actúo. Y no quiero esto. No sé lo que ha pasado, seguramente un momento de insolación, pero no volverá a ocurrir.

Arkim casi sintió lástima de ella. Tendió el brazo y le acarició los labios con el pulgar.

–No te preocupes. Volverá a ocurrir y tú participarás activamente.

Sylvie le apartó la mano. La arrogancia de él le daba ganas de gritar, pero Arkim la subía ya al caballo, y además, ¿qué podía decir si acababa de derretirse en sus brazos?

Era patética. La proximidad de él la convertía en papilla, así que tendría que mantenerse alejada.

Pero entonces él volvió a subir al caballo detrás de ella y, predeciblemente, su cuerpo entró en un paroxismo de anticipación en cuanto él le rodeó el torso con el brazo y la sujetó contra sí.

La parte inferior del cuerpo de él se apretaba ahora contra el trasero de ella, donde sentía claramente algo duro. Se cubrió la boca con fuerza con la kufiya. Él no tendría que volver a pedírselo. No volvería a descubrirse nunca en su presencia.

Capítulo 4

SYLVIE estaba acurrucada en uno de los amplios sofás de la zona de estar de su suite. Al volver allí un par de horas atrás, había encontrado a Halima esperándola con bálsamo para la piel quemada por el sol, algo de comida y mucha agua. Después de comer, Sylvie se había puesto unos pantalones anchos y sueltos y un top de tirantes para mantener los brazos desnudos.

Fuera caía la noche. El cielo lucía un profundo color violeta y empezaban a aparecer estrellas. Muchas preguntas se agolpaban en su cabeza. Preguntas sobre Arkim. Visto en aquel entorno, parecía un hombre distinto y a Sylvie le fascinaban las emociones apenas reprimidas bajo una fina capa de urbanidad. Aquello, que debería intimidarla, la excitaba.

¿Cuál era su conexión con aquel lugar? ¿Y por qué un hombre como él había accedido a casarse por razones estratégicas y de negocios?

Un ruido le hizo girar la cabeza y vio al objeto de sus pensamientos en la puerta de la sala de estar. Vestía de nuevo una túnica y parecía poderoso. Misterioso.

–¿Vienes a ver si tu prisionera sigue aquí? –preguntó ella.

Arkim sonrió un poco y para ella fue como un puñetazo en el estómago.

–No creo que ni siquiera tú seas tan tonta como para intentar escapar de nuevo.

Sylvie hizo una mueca.

–Oye, esto es una locura. Tengo que volver a París, tengo que...

–Tienes que comer –la interrumpió él.

En ese momento entraron empleados con cosas. Arkim se hizo a un lado.

–He pedido que traigan la cena aquí esta noche –dijo–. La tomaremos en la terraza.

Sylvie se sentía impotente. ¿Qué podía hacer? Salió delante de él a la terraza, y cuando vio que encendían farolillos, el corazón le dio un vuelco. El escenario no podía ser más seductor.

En una mesita baja colocaban platos de comida olorosa y Halima puso una botella de champán en un cubo de hielo al lado de la mesa.

–Por favor, siéntate –dijo Arkim.

Ella se sentó con las piernas cruzadas en una silla baja y observó a Arkim colocarse enfrente.

–¿Cómo están tus brazos? –preguntó él.

–Mucho mejor. El ungüento de Halima ha sido muy eficaz.

Arkim abrió el champán con pericia y le sirvió una copa. Ella lo aceptó después de un momento de vacilación.

–¿No te gusta el champán? –preguntó él.

–No bebo mucho alcohol de ningún tipo. Nunca me he acostumbrado.

Arkim hizo un ruidito con los labios y se sirvió a su vez.

–Olvidas que yo te he visto ebria.

Sylvie frunció el ceño, hasta que recordó la noche en el jardín.

–Mi zapato se clavó en la tierra –se defendió con calor–. Aquella noche tomaba antibióticos por una infección en el pecho. Lo último que habría hecho habría sido beber alcohol.

Él la miró un momento. Luego se encogió de hombros.

–En cualquier caso, eso no importa ahora –dijo.

A Sylvie le desconcertaba lo mucho que le importaba a ella. Apartó la vista y dejó la copa en la mesa sin probarla. Se concentraría en la comida y procuraría ignorarlo lo más posible.

Arkim veía lo tensa que estaba Sylvie cuando comía esquivando su mirada. Él observaba con incredulidad el placer evidente con el que descubría distintos sabores. Era una imagen increíblemente sensual.

Ella se inclinó hacia delante para tomar pan y sus pechos se balancearon con el movimiento. A Arkim le hirvió la sangre y se recordó con quién lidiaba. Con una maestra del egoísmo y la manipulación.

–¿Te gusta la comida? –preguntó, enfadado consigo mismo por su reacción.

Sylvie lo miró. Asintió y tragó lo que tenía en la boca.

–Está deliciosa. Nunca había probado estos sabores.

–El cordero está especialmente bueno –dijo él.

Pinchó un trozo con el tenedor y tendió la mano. Ella hizo ademán de tomar el trozo con la mano.

–Cobarde –dijo Arkim.

Y se alegró cuando vio que a ella le brillaban los ojos, aceptaba el reto y se inclinaba para tomar la carne con la boca. Su top de tirantes se movió y Arkim pudo ver sin problemas los pechos, cubiertos por un sujetador de encaje. Pechos llenos, con una forma perfecta. Ella se echó de nuevo hacia atrás rápidamente.

Le ardían las mejillas. Y Arkim no creía que fuera por las especias del cordero. La química que había entre ellos resultaba evidente. ¿Por qué se empeñaba ella tanto en combatirla?

Sylvie tomó un trago de champán y él observó cómo se movía la columna de su garganta al tragarlo. Con el rostro limpio de maquillaje, podría haber pasado por dieciocho años.

Había algo que le preocupaba. ¿Dónde estaba la mujer fatal? Tenía que admitir que aquella Sylvie no se parecía nada a la mujer que lo había provocado sin medida siempre que la había visto.

Había esperado que fuera mucho más sofisticada, que intentara manipularlo todo lo que pudiera. Así era como operaban las mujeres que conocía y por eso lo había atraído Sophie Lewis y había pensado que podía casarse con ella. Porque carecía por completo de artimañas y artificio. Algo raro en aquel mundo.

«Y esa era toda la atracción», dijo una vocecita traidora.

Arkim la ignoró, aunque en el fondo era consciente de que había tenido cada vez más dudas a medida que se acercaba la boda. Pero él no era hombre que desperdiciara el tiempo pensando en lo que podía haber sido. Él no se entretenía en las dudas. Tomaba decisiones y lidiaba con la realidad, y la realidad ahora era aquello.

–Tus ojos –dijo–. Nunca había visto unos ojos así.

Sylvie se esforzaba todo lo que podía para que Arkim no viera el efecto que producía en ella, sentado enfrente con su túnica como una especie de semidiós. Cuando se había adelantado sobre la mesa para meterse el tenedor en la boca, casi se había derretido.

–Solo son ojos –contestó, distraída e irritada–. Todo el mundo tiene. Tú también.

–Sí, pero los tuyos son muy raros. Uno azul y otro entre verde y azul.

–Mi madre los tenía igual. Es algo que se llama heterocromía del iris. No es tan misterioso.

Arkim frunció el ceño.

–Tu madre era francesa, ¿verdad?

Sylvie asintió.

–Sí, de las afueras de París.

–¿Y cómo se conocieron tus padres?

Sylvie lo miró un momento.

–Ella bailaba en una revista, en el mismo edificio donde bailo yo ahora. Entonces tenía otro nombre y el espectáculo era... de su época.

–¿Qué significa eso? –preguntó él–. ¿Qué no mostraban tanta piel?

–Algo así. Era más en la línea del humor pícaro.

–¿Y cómo la conoció tu padre? No me parece un hombre que frecuente esos establecimientos.

Sylvie pensó en su padre riendo y bailando con su madre en el jardín. Sonrió con dulzura.

–Eso te demuestra que no siempre puedes juzgar un libro por la portada.

Arkim alzó un poco su copa.

–Cierto.

–Él estaba en París en viaje de negocios y fue a ver el espectáculo con unos clientes –explicó ella de mala gana–. Vio a mi madre, la invitó a salir después y... Así empezó todo.

Jamás revelaría la verdadera historia de amor de sus padres a aquel hombre cínico, pero la verdad era que su padre se había enamorado de Cécile Devereux a primera vista y la había cortejado durante un mes antes de que ella se dignara salir con él, un inglés muy alejado de su mundo. Pero ella también se había enamorado y habían sido muy felices.

Sylvie tomó un sorbo de champán y miró a Arkim.

–¿Y tus padres? –preguntó.

La expresión de él se oscureció al instante.

–Ya sabes quién es mi padre –repuso.

Sylvie se sonrojó. Pensó que él hacía todo lo que podía por distanciarse de su padre y ella hacía todo lo posible por seguir los pasos de su madre. Ambos eran lados opuestos de una moneda.

–No sé nada de tu madre –comentó–. ¿Estaban casados?

La mirada de él podría haber cortado el acero. El tema claramente no le gustaba y a ella le sorprendió ver tambalearse el control helado del que siempre hacía gala.

–Murió al dar a luz –contestó él con un tono duro–. Y no, no estaban casados. Mi padre no se casa. Está demasiado deseoso de aferrarse a su fortuna y cambiar de pareja.

A Sylvie no le gustó la compasión que sintió al oír que la madre de él había muerto antes de que hubiera podido conocerla. Cambió levemente de tema.

–¿Te criaste en Estados Unidos? –preguntó.

Él apretó los labios.

–Sí. Y en Inglaterra, en una serie de internados. Iba a Los Ángeles en vacaciones, donde era testigo del estilo de vida libertino de mi padre.

Sylvie se encogió interiormente.

–¿Pero nunca estuvisteis unidos? –preguntó.

La voz de Arkim podría haber enfriado el hielo.

–No lo he visto desde la adolescencia. Vivir con él me enseñó una lección valiosa a una edad muy temprana. Que la vida no es un cuento de hadas.

Sylvie pensó en sus padres.

–La mayoría de la gente no vive lo que viviste tú –dijo.

Los ojos de él brillaron como dos joyas negras.

–¿Por eso querías casarte con Sophie? –no pudo evitar preguntar ella–. ¿Porque no crees que pueda haber matrimonios de verdad?

–¿Tú sí? –replicó él.

Sylvie apartó la vista.

–Creo que a veces sí puede haberlos. Pero hasta un matrimonio feliz se puede romper muy fácilmente –musitó.

Él la miró con curiosidad.

–¿Cómo era tu madre? –preguntó.

A Sylvie se le encogió el corazón.

–Era maravillosa. Hermosa, buena... Siempre recuerdo su perfume. Mi padre lo compraba para ella cuando iba a París. Lo vendían en una tienda enfrente del hotel Ritz que llevaba una hermosa mujer hindú. Una vez me llevó con él. Recuerdo que ella tenía una hija pequeña.

Sonrió para sí.

–Yo me sentaba a los pies de mi madre y la miraba arreglarse para salir con mi padre. Siempre tarareaba canciones francesas. Y bailaba conmigo.

–Parece un cuento de hadas –dijo Arkim–. Demasiado bueno para ser verdad.

La voz de Arkim penetró en los recuerdos de ella con la brusquedad de un claxon. Sylvie alzó la cabeza. Había olvidado por un momento dónde estaba y con quién.

–Fue verdad. Y bueno –musitó.

Le temblaba la voz y sabía que no podría soportar que él preguntara por la muerte de su madre. Por el terrible último año, cuando el cáncer la había convertido en una sombra de sí misma. Sylvie había perdido a sus dos padres a partir de aquel momento.

Decidió pasar al ataque.

–¿Por qué accediste a casarte con mi hermana? La verdad.

El rostro de Arkim era inexpresivo.

–Por todas las razones que ya te he explicado –contestó.

Sylvie dejó la servilleta en la mesa con irritación, se levantó y se acercó a la pared. Oyó que él se movía y se giró para mirarlo. Estaba a pocos pasos de distancia. Demasiado cerca para su gusto. Arkim se cruzó de brazos y dijo:

–No negaré que tenía mis dudas.

Sylvie no dijo nada. Esperó.

–La noche que me encontraste en la biblioteca no estaba seguro de que fuera a seguir adelante. Pero entonces apareciste tú –una especie de rabia pasó por sus ojos–. Digamos que tú me ayudaste a tomar una decisión.

Sylvie lo miró furiosa.

–¿O sea que fue culpa mía? –preguntó.

Él no contestó a eso.

–¿Por qué interrumpiste la boda? –preguntó–. ¿Fue solo por rencor?

Ella no podía contestar a eso. No podía. Se lo había prometido a su hermana.

Alzó la barbilla.

–Solo necesitas saber que, si tuviera que repetirlo, no vacilaría.

El rostro de él se endureció.

–Lo de la moto fue un toque simpático. ¿Aprendiste a conducirla solo por el efecto dramático?

Sylvie se sonrojó.

–Antes tenía una para moverme por París. Hasta que me la robaron. Ese día alquilé una, más por la rapidez que por ninguna otra cosa.

Arkim hizo una mueca burlona.

–¿Quieres decir para poder huir deprisa y no tener que afrontar las consecuencias?

Antes de que Sylvie pudiera contestar, llegaron Halima y otros empleados a retirar los restos de la cena.

Cuando se marcharon, Sylvie y Arkim seguían frente a frente, como adversarios en un cuadrilátero de boxeo. Ella no se quitaba de la cabeza la revelación de que había influido sin querer en la decisión de él de casarse con Sophie. Presumiblemente, porque le había recordado a la clase de mujer que no quería. Y eso le dolía.

Intentó apelar al lado civilizado de él.

–Tienes que dejar que me vaya –musitó.

La expresión de él seguía siendo tan dura como el granito.

–He pagado una suma importante de dinero por tu presencia aquí –repuso– y creo que me gustaría verte bailar para mí –frunció los labios con amargura–. Después de todo, miles de personas te han visto bailar. ¿Por qué no yo?

La idea de actuar para él provocó escalofríos a Sylvie.

–¿Ahora? –preguntó.

Arkim sonrió.

–No, mañana por la noche harás un baile privado solo para mí.

Ella enderezó los hombros.

–Si esperas un baile de regazo, te vas a llevar una decepción. Yo no hago ese tipo de cosas.

Él se acercó y pasó un dedo por la mejilla y la mandíbula de ella.

—Estoy deseando ver lo que haces —dijo con suavidad.

Ella le apartó la mano, aterrorizada de la facilidad con la que él conseguía que se derritiera. Temerosa de que volviera a besarla.

—¿Y se puede saber por qué tengo que hacer nada de lo que tú me pidas?

Arkim apretó la mandíbula.

—Porque estás en deuda conmigo y me la estoy cobrando.

La tarde del día siguiente, Halima sostuvo en alto uno de los trajes con cristales incrustados de Sylvie y lo acarició con reverencia.

—Es muy hermoso.

Lo colgó con los demás vestidos que había insistido en sacar de la maleta.

Sylvie no había podido comer nada desde el desayuno al pensar que bailaría para Arkim. Por supuesto, sabía que él había esperado que se negara, pero quizá entonces habría promovido otra cena íntima y le habría contado más cosas que hacían que ella se replanteara la opinión que tenía de él.

La noche anterior había repasado en su cama la conversación de la cena y había descubierto que cada vez le costaba más trabajo mantener su antipatía por él. Así que había decidido hacer lo contrario de lo que él esperaba y aceptar el reto del baile.

Se miró en el espejo cuando Halima le sujetaba

un velo detrás de la cabeza con el que se cubría la boca y dejaba solo visibles los ojos, pintados con kohl. Su cabello estaba recogido y oculto debajo de otro velo.

Se preguntó si Arkim apreciaría que hubiera optado por una interpretación basada en la historia de Sherezade. Estaba casi segura de que no.

Respiró hondo y miró a Halima.

—Ya solo me falta una espada. ¿Crees que puedes encontrar una aquí?

La chica pensó un momento y después sonrió.

—Sí.

Arkim esperaba la aparición de Sylvie con anticipación. Había dado instrucciones de que la llevaran a una de las habitaciones de ceremonias, donde el jeque recibía y entretenía a sus invitados importantes. Las ventanas detrás de Arkim estaban abiertas y una serie de farolillos iluminaba el espacio con sombras doradas parpadeantes.

Entonces notó que una ráfaga de viento casi había apagado una de las velas. Se acercaba la tormenta. Eso lo ponía nervioso. Ese día había salido con Aziz y el alazán se había mostrado también nervioso, deseoso de volver a cubierto.

En el centro de la habitación había un estrado levantado, donde el jeque solía sentarse a recibir a sus invitados, pero que se usaba también a veces para actuaciones de ceremonias y bailes.

Arkim tomó un sorbo de vino y entonces apareció ella. Parecía ligera y flexible e iba descalza.

Arkim parpadeó. La sangre rugió en su cabeza y bajó de golpe a otra parte de su anatomía.

Ella subió al estrado sin mirarlo ni reconocer de ningún modo su presencia. Llevaba unos pantalones bajos ceñidos dorados, acampanados en los extremos y parcialmente abiertos en los lados y embellecidos con joyas y encaje, con un cinturón de borlas que se movían y giraban con su cuerpo.

La parte del medio iba desnuda, adornada con una delicada cadena dorada que se posaba justo encima de la curva de las caderas. Completaba su atuendo una camisa negra corta con mangas con cola, atada delante, entre los pechos, colocada encima de un sujetador dorado muy elaborado.

Sus pechos eran... Perfectos. Exuberantes y hermosos. La camisa abierta enmarcaba un escote provocativo.

Ella todavía no lo había mirado y él notó por primera vez que la parte inferior de su rostro estaba oscurecida por un velo negro y que otro velo negro ocultaba su pelo. Arkim quería arrancarlo y ver sus mechones pelirrojos cayendo sobre los hombros.

Lo único visible de su rostro eran sus ojos, pintados con kohl. Ella se inclinó, hizo algo en los altavoces y una música lenta, sensual y claramente árabe llenó la habitación.

Arkim abrió mucho los ojos cuando la vio agarrar un sable largo curvo que había estado demasiado distraído para ver hasta entonces. Frunció el ceño. Se parecía terriblemente al que colgaba en la habitación donde exponía todas sus preciosas antigüedades.

Sylvie alzó el sable por encima de la cabeza, buscó sus ojos con la mirada y empezó a moverse al ritmo de la música.

Y a Arkim se le paró el cerebro.

Ella jugaba con la enorme espada como si fuera un bastón de animadora, haciéndola girar primero en una mano y después en la otra. Se puso de rodillas, con una pierna alzada en ángulo recto y el cuerpo arqueado hacia atrás como un arco, con la espada de punta detrás de ella y el brazo libre estirado delante. La línea de su cuello era larga y llena de gracia, y curiosamente vulnerable.

La música parecía sonar al ritmo de la sangre de Arkim. Y luego cambió y se volvió más rápida.

Sylvie se enderezó y se inclinó hacia delante con una flexibilidad impresionante. Pasó la espada delante, la dejó en el suelo y la apartó de un empujón. Y luego, todavía echada hacia delante, se levantó los velos y se quitó la camisa negra.

Ahora su cabello caía libre y salvaje y el sujetador dorado se veía entero. Se puso de rodillas, de nuevo de frente a él y empezó a ondular el cuerpo, caderas, brazos, pecho, en una serie de movimientos desconectados pero conectados. Arkim había visto bailarinas del vientre antes, pero nunca así. El cabello pelirrojo caía por los hombros y sobre los pechos y él quería enrollarlo en su mano y tirar de ella hacia sí.

Sylvie lo miraba, pero sin expresión en los ojos. Eso lo irritó. Cuando las mujeres lo miraban, lo veían.

Ella se levantó con agilidad y llevó el baile a todo su cuerpo. Había algo profundamente cautivador en ella y en su modo de moverse. Había técnica allí, pero también algo más que Arkim no podía definir, algo extraño. Como si faltara una pieza del puzle.

Ella dejó de bailar y permaneció en pie con una mano en la cadera y la otra tendida hacia él como si le ofreciera algo.

Ni siquiera se había desnudado, pero Arkim estaba muy excitado. Y se sentía como un tonto. Había esperado una actuación más sórdida, que encajara mejor con la imagen que se había hecho en su cabeza. Pero aquella había sido dulcemente excitante, como un regreso a tiempos más inocentes. Un tiempo que Arkim nunca había tenido el placer de conocer, pues su inocencia se había corrompido cuando era muy joven.

Se incorporó con rabia.

–¿A quién pretendes engañar con un baile apropiado para hacerlo encima de una mesa en un restaurante?

Sylvie dejó caer los brazos y lo miró con las mejillas sonrojadas.

–¿Asumo que no te gusta, pues? Lástima que no puedas hacer que te devuelvan el dinero –replicó, desafiante.

Arkim no quería acercarse a ella por miedo de lo que podía pasar si lo hacía. Se sentía fiero. Y necesitaba desesperadamente probarse a sí mismo que ella era quien él creía que era.

–Volverás a bailar –dijo–. Y esta vez lo harás tal y como lo haces para los miles de personas que te han visto entera. No aceptaré nada menos. Vuelve aquí en media hora.

Capítulo 5

SYLVIE lo vio salir de la enorme estancia con una mezcla de vulnerabilidad y frustración mezcladas con ira por la arrogancia de él. Y con la necesidad de borrar aquella mirada desdeñosa de su cara.

Le había costado bastante entrar allí y bailar para él. Mirar a través de él, aunque estuviera allí sentado en plan amo y señor, observándola como si fuera un bocado preparado para su paladar.

Pero aun así había sido muy consciente de su cuerpo poderoso y de su fuerza inherente.

De pronto entraron empleados y corrieron a cerrar las enormes ventanas. Sylvie estaba tan inmersa en sus pensamientos que no había visto cómo se había oscurecido el cielo fuera. Había tanta electricidad en el aire que habría podido jurar que chisporroteaba a lo largo de su piel.

Y entonces entró Halima.

–El jeque me ha dicho que la ayude. Tenemos que cerrar todas sus puertas y ventanas. Viene la tormenta.

Volvió a salir corriendo, impaciente por cumplir la voluntad del jeque y Sylvie la siguió con rabia.

Pensó que, si Arkim quería tanto un baile de regazo, quizá tendría que darle exactamente lo que quería.

Cuando Halima se disponía a cerrar las puertas de la terraza, se volvió hacia Sylvie con ojos muy abiertos.

–Se puede ver venir la tormenta.

Sylvie se acercó con curiosidad y se quedó sin aliento cuando una fuerte ráfaga de viento hizo volar las cortinas. Siguió la mirada de Halima y vio lo que parecía una gran nube que oscurecía el cielo. Le costó varios segundos darse cuenta de que era un banco de arena que corría por el desierto hacia ellos. Parecía un efecto especial de una película.

–¡Dios mío! –musitó, más admirada que temerosa–. ¿Nosotros estaremos bien?

Halima cerró las puertas con firmeza.

–Por supuesto. El castillo ha soportado cosas mucho peores. Y por la mañana habrá pasado. Ya lo verá.

Cuando terminaron de cerrar todas las puertas y ventanas, Halima se marchó y Sylvie se preparó para el siguiente baile.

Cortó una de sus minifaldas hasta que apenas le llegó a la parte alta del muslo y se puso calcetines negros hasta justo después de las rodillas. Lo complementó con una sencilla camisa blanca, atada debajo del busto y dejó la parte media del cuerpo desnuda. Debajo de la falda se puso un pantalón corto de baile negro, adornado con cuentas de vidrio cosidas en los bordes y debajo de la camisa llevaba un sujetador negro brillante.

Se sujetó el pelo detrás, en una cola de caballo

alta. Seguía llevando kohl en los ojos y se pintó los labios de rojo fuerte.

Se sentía un fraude, copiando lo que había visto en miles de imágenes y películas. Su atuendo era muy parecido al que había llevado una estrella pop en uno de sus vídeos.

Lo cierto era que en su trabajo hacían parodias de estriptis, nunca algo tan evidente. Pero era obvio que Arkim no apreciaba las sutilezas de su profesión.

Entonces llamaron a la puerta y Sylvie se puso la bata encima de la ropa. No quería que Halima la viera así. Se sentía sórdida.

—El jeque la espera —le dijo la chica.

Sylvie se apretó el cinturón de la bata y respiró hondo.

—Gracias.

Pero cuando volvió a entrar en la estancia grande, detrás de la chica, comenzó a tener dudas. Ella no era lo que Arkim creía y se había dejado provocar para fingir que era lo que no era.

«Porque nunca te creería», dijo una vocecita.

La puerta se cerró detrás de Halima. Arkim estaba sentado de nuevo en su sillón, al lado de una mesita con vino y comida. Parecía arrogante, exigente y frío.

Sylvie volvió a poner música, esa vez un ritmo lento y sexy. Vio que Halima había puesto la silla que le había pedido en el centro del estrado y se quitó la bata.

Se acercó a la silla y la colocó de frente a él con las manos de ella en el respaldo. Entonces lo miró a los ojos. Sin vergüenza, exudando seguridad en sí misma, aunque temblaba por dentro.

Empezó a moverse con una mezcla de movimientos que había visto en otras chicas y otros que había aprendido en bailes modernos. Y una buena dosis de inspiración de una de sus películas favoritas: *Cabaret*.

Seguía mirando a Arkim, que ahora miraba su cuerpo. Bajó la cabeza entre las piernas y volvió a subirla, haciendo que su escote quedara bien visible, y pasó las manos por los muslos desnudos.

A medida que los ojos de él seguían sus movimientos, estos se volvían más y más atrevidos. Sylvie sentía el ritmo de la música en la sangre, indicándole dónde moverse a continuación. Y diciéndole que se abriera los botones de la camisa hasta donde estaba atada debajo del busto, para dejar este al descubierto. Diciéndole que pusiera las manos en la silla y se doblara mirando de soslayo a Arkim. Y que se enderezara, arqueara la espalda y se soltara el pelo.

Algo peligroso palpitaba en su sangre, lo mismo que la noche en el jardín cuando Arkim la había estrechado en sus brazos y ella había sentido lo excitado que estaba.

Se sentía poderosa porque notaba que él empezaba a perder el control. Tenía las mejillas sonrojadas, los ojos brillantes y la mandíbula apretada. Y eso era lo que ella quería... Que admitiera que era un hipócrita.

Sin pensar lo que hacía, bajó del estrado y se acercó a él. Sus ojos se encontraron justo cuando se paraba la música, rompiendo la burbuja de ilusión que los rodeaba.

Ella supo al instante que había cometido un error de táctica. Desesperada por recuperar el poder, empezó a alejarse, pero él la detuvo agarrándola por la muñeca.

Se levantó y estaban casi tocándose. El aire chisporroteaba.

−¿Qué demonios te crees que haces? −preguntó él.

La repulsión que leyó en sus ojos hizo que Sylvie se soltara de un tirón. Era consciente de que la inmensa nube de arena se acercaba cada vez más a las ventanas situadas detrás de Arkim y estaba a punto de envolverlos por completo. Eso la hacía sentirse temeraria... Como si todo estuviera a punto de cambiar para siempre.

−¿No era esto lo que esperabas de mí? Solo te doy lo que quieres.

−¿Lo que quiero? −preguntó él.

Y justo antes de que la tormenta de arena envolviera el castillo, deslizó ambas manos en el pelo de ella y le ladeó la cara.

−Te voy a mostrar lo que quiero −gruñó.

Arkim aplastó la boca de Sylvie con la suya. Su necesidad era demasiado grande para mostrarse gentil. Quería devorarla.

Los labios de ella eran suaves, pero mantenía la boca cerrada y había tensión en su cuerpo. Arkim la maldijo interiormente. Ella no podía rechazarlo después del espectáculo barato que acababa de dar. Y, sin embargo, a pesar de lo sórdido de este, estaba excitado. Y ella tenía razón. Él lo había pedido. Y saberlo no le gustaba.

Fue consciente del cambio en la calidad del sonido a su alrededor. De que todo sonaba apagado. La tormenta de arena los había tragado ya, pero todo aquello era secundario a la mujer que tenía en sus brazos. La mujer que tenía que pagar por haber vuelto su vida del revés.

Apartó la boca y la miró a los ojos. Ella lo miraba de hito en hito. Si Arkim no hubiera notado cómo temblaba su cuerpo contra él, la habría soltado. No le interesaba una amante reacia.

Pero Sylvie lo deseaba. Y no habría vuelta atrás hasta que aquello estuviera hecho y ella hubiera pagado. Y él estuviera saciado.

Relajó las manos en el pelo de ella y empezó a acariciarle la nuca. Ella tenía las manos en el pecho de él, pero no lo apartaba. Él estaba tan excitado que ansiaba penetrarla, pero la fragilidad innata de ella atemperaba su rabia y la convertía en una necesidad de seducir.

Sylvie lo miró a los ojos. A pesar de los tacones altos, se sentía pequeña a su lado. Débil. Él le acariciaba la nuca y ella quería ronronear, no apartarlo. Pero tenía que hacerlo.

Lo empujó, pero el pecho de él era como una pared de acero. Inamovible. Al mismo tiempo, ella sabía que no estaba asustada. La lucha por alejarse de él era tanto una lucha consigo misma como con él. Más. Y él lo sabía.

Las manos de él se movieron entonces. Se posaron en su rostro y algo peligroso cobró vida dentro de ella. Una emoción que no tenía lugar allí. Alejarse de allí le parecía lo más difícil del mundo.

Arkim volvió a besarla y ella intentó mantener la boca cerrada como antes. Pero Arkim le mordisqueó el labio inferior y ella empezó a querer más. Sentía que iba cediendo y él se aprovechó de ello como experto que era y deslizó la lengua en su boca. Encontró la de ella y prendió fuego a su mundo.

Bajó las manos por los hombros y la espalda de ella y la estrechó contra sí. Ella respondía ya a su beso, impotente para negarse.

No podía pensar. Todo estaba borroso, confuso. Todo excepto aquel placer decadente que recorría sus venas y le hacía sentirse lánguida y desear que aquel momento no acabara nunca.

Pero cuando él bajó más las manos, peligrosamente cerca de donde ella quería que explorara, tuvo un momento de claridad. Aquel hombre la odiaba. Creía que era poco más que una ramera, depravada e irredimible y ella estaba a punto de dejarle que hiciera lo que quisiera con ella.

Asqueada por su falta de control, se soltó con brusquedad.

—Yo no quiero esto —dijo.

Arkim se sonrojó.

—Sí lo quieres. Simplemente estás decidida a volverme loco por quererlo yo también.

Algo enigmático iluminó sus ojos y, por un segundo, Sylvie tuvo la impresión sorprendente de que era vulnerabilidad.

Una impresión que desapareció cuando él dijo con frialdad:

–Yo no me ando con juegos, Sylvie. Vete a la cama.

Se volvió, y se alejaba ya cuando algo impulsó a Sylvie a decir:

–Tú no sabes nada de mí. Crees que lo sabes, pero no es así.

Arkim se detuvo y se giró a mirarla.

–¿Qué es lo que no sé? –preguntó con tono de burla.

–Cosas como que nunca me he acostado con nadie que me odie tanto como tú.

Él retrocedió entonces despacio y se detuvo a pocos pasos de ella.

–Creía que te odiaba, especialmente después de que arruinaras la boda. Pero la verdad es que no siento nada por ti excepto deseo físico.

A Sylvie le sorprendió lo mucho que le dolía eso. Pero lo disimuló.

–Gracias por aclararlo –comentó–. Eso hace que todo sea mucho mejor.

Él la miró un momento. Luego tomó la bata que estaba en el suelo y se la tendió.

–Póntela –dijo, cortante.

Ella obedeció. Arkim seguía mirándola.

–Hay otra cosa que no sabes –dijo Sylvie–. Nunca me he desnudado. Mi actuación principal en el espectáculo es el número con la espada. Hago otros bailes, pero nunca me he quitado toda la ropa. Lo que he hecho ahora ha sido solo para darte en las narices.

Él frunció el ceño.

–¿Por qué no te creo?

Sylvie alzó la barbilla.

–Porque me juzgaste antes de conocerme y tienes ideas muy retorcidas sobre lo que es nuestra revista. ¿Por qué te iba a mentir? Pierre, el director del local, conoció a mi madre. Eran contemporáneos. Cuando llegué a París, tenía diecisiete años. Me tomó bajo su ala. Los dos primeros años solo me permitía entrenar con las bailarinas, no actuar. Limpiaba y ayudaba con las cuentas para pagar mi entrenamiento –dijo.

Se encogió de hombros y apartó la vista, avergonzada por contar tanto de sí misma.

–Es muy protector conmigo. Creo que por eso no me permite hacer números más arriesgados.

El rostro de él era inescrutable.

–Vete a la cama, Sylvie. Hemos terminado aquí.

Ella recibió aquello como una bofetada. Quizá debería haber sido sincera desde el principio y así habrían podido evitar todo aquello. Porque, obviamente, Arkim no tenía tiempo para una mujer que no se correspondía con su mala opinión.

–¿Qué quieres decir con que hemos terminado? –preguntó.

Arkim tardó un momento en contestar. Parecía sopesar algo.

–Nos iremos en cuanto pase la tormenta –dijo al fin.

Se giró y salió de la habitación, dejando a Sylvie con la boca abierta. Había conseguido que la dejara marchar. Por fin había intentado explicar quién era en realidad y él ya no quería saberlo. Así que, en lugar de triunfante, Sylvie se sentía... desinflada.

«No siento nada por ti excepto deseo físico».

Sus propias palabras se burlaban de Arkim. No podía apartar de su mente la expresión herida de ella y eso le hacía sentirse culpable. Constreñido.

Había mentido. Lo que sentía por ella era mucho más complicado que simple deseo físico. Era una mezcla de sentimientos, acompañados por la lujuria más apremiante que había experimentado en su vida.

Estaba sentado en su estudio, lleno de libros, de muebles oscuros y sofisticados y de arte clásico original. Siempre le había gustado esa habitación porque estaba muy alejada de lo que recordaba de su infancia en Los Ángeles, de la gran mansión de cristal de su padre en las colinas de Hollywood. Allí todo era hortera y ostentoso, con la inmensa piscina llena de cuerpos desnudos y la gente colocada de drogas.

En ese momento se sentía como un hipócrita. Porque cuando Sylvie había estado ante él parodiando a las chicas de estriptis, se había excitado mucho. La insidiosa verdad era que no estaba tan alejado de su padre como creía.

Tomó un trago de whisky para ahogar esa verdad. Se había alejado de ella porque lo había avergonzado. Esa ironía era una burla para él.

Ya no podía seguir negándolo. Sylvie no se disculpaba por lo que hacía y tenía más autoestima que mucha gente que la miraba desde arriba. Como había hecho él.

Se levantó y paseó por el estudio. Se sentía claustrofóbico con las ventanas cerradas por la tormenta que rugía fuera, no muy distinta a la agitación que sentía dentro.

Le había dicho a Sylvie que se irían en cuanto pasara la tormenta, una reacción refleja al hecho de que ella producía en él un efecto que no había esperado. La verdad era que la tormenta pasaría fuera, pero seguiría dentro de él hasta que la aplacara.

Si se iba de allí sin poseerla, ella lo atormentaría toda la vida.

Cuando Sylvie despertó a la mañana siguiente, todo estaba oscuro y en silencio. Se levantó y se acercó a las ventanas, sin saber qué esperar. ¿Estaría el castillo enterrado en arena? Pero cuando abrió las contraventanas, vio un cielo azul brillante. En la terraza había una capa de arena, la única pista de la formidable tormenta de la noche anterior.

El sol que entraba en la habitación le recordó que Arkim había dicho que se irían de allí. Volvió a la cama. Había logrado resistirse y asquearlo tan completamente que estaba dispuesto a llevarla a casa, a pesar del deseo que los dos sentían siempre que estaban cerca.

Odiaba admitirlo, pero seguía sintiéndose desinflada. ¿Tanto le había gustado pelear con él? ¿Había querido que la poseyera a pesar de sus valientes palabras de la noche anterior?

«Sí» dijo una vocecita interior. «Porque él ha conectado contigo como ningún otro hombre».

Sylvie estaba asqueada consigo misma. ¿Tan herida estaba por dentro después del rechazo de su padre que solo podía sentir deseo por un hombre que la rechazaba a todos los niveles menos el físico?

Llamaron a la puerta y apareció Halima, sonriente, con una bandeja con el desayuno. La dejó sobre una mesa cerca de las puertas de la terraza y las abrió de par en par.

–La tormenta ha pasado. Hará buen tiempo para su viaje con el jeque. El oasis está muy hermoso en esta época del año, y el modo en que emerge del desierto es como un paraíso exuberante.

Sylvie frunció el ceño, confusa.

–¿El oasis? ¿El jeque no vuelve a casa hoy?

Halima también pareció confusa.

–No, se está preparando para el viaje y usted irá con él. Tengo que empaquetarle cosas para unos días.

A Sylvie se le aceleró el pulso. ¿Qué se proponía ahora Arkim?

Desayunó deprisa, se duchó y, cuando salió del cuarto de baño, Halima tenía una bolsa preparada.

Sylvie se puso un pantalón sencillo de chándal y una camiseta. La doncella la miró y le murmuró que necesitaba ropa más apropiada. Sylvie la siguió al vestidor, que todavía no había explorado, empeñada en usar su propia ropa. Pero cuando Halima abrió las puertas de un armario, lanzó un respingo al ver montones de vestidos y pantalones, todos de diseñadores conocidos.

–¿De quién son? –preguntó, tocando un hermoso vestido de seda escarlata.

–Suyos, por supuesto. El jeque hizo que los trajeran justo antes de su llegada.

Sylvie se quedó un momento sin habla.

–¿Seguro que no se los dejaron la última vez que trajo a alguien aquí? –preguntó luego.

Halima la miró con gesto de incomprensión.

–Pero él nunca ha traído a otra mujer aquí –dijo. Señaló una túnica de color crema con hermosos bordados dorados–. Podría ponerse esto. Donde van a ir es más rural y conservador –explicó–. Pero además la túnica es práctica. La protege del sol y el calor.

La túnica tenía unos pantalones ceñidos a juego, de algodón suave, bordados también en oro. Y luego Halima le puso un chal como de gasa sobre los hombros. Unos zapatos planos completaban el atuendo.

Sylvie se miró al espejo. Su pelo resaltaba vibrante contra el color crema de la ropa. Parecía, no ella misma, sino, perversamente, más ella misma de lo que se había visto nunca.

Halima le echó el chal por la cabeza y echaron a andar por el pasillo. Sylvie se sentía como una novia camino de su destino.

Se riñó un momento por ser tan obediente. Ella quería irse a casa, no a un oasis con un hombre que no sentía nada por ella y, sin embargo, despertaba su cuerpo de un modo que le hacía querer descender con él a una fosa de fuego.

Le diría a Arkim que no tenía intención de...

Pero dejó de pensar cuando doblaron una esquina y vio a Arkim esperándola.

Capítulo 6

SENCILLAMENTE la dejó sin aliento. Era como si no lo hubiera visto nunca, tan alto y exótico parecía vestido con una túnica larga azul oscuro.

Los empleados cargaron equipaje en dos jeeps y se fundieron con las sombras. Sylvie era consciente de que ese era el momento en el que debía dejar claro que no tenía intención de ir al oasis con Arkim. Pero estaba clavada al sitio, atrapada y embrujada por sus ojos negros.

Entre ellos se produjo una intensa conversación silenciosa. Él le lanzaba un reto sensual. El reto de afrontar su feminidad de un modo que no había hecho nunca. El reto de ir con él.

Se sentía mareada, sin aliento. Tenías las manos húmedas de sudor, y no tenía que ver con el calor.

Todo se reducía a una cosa. ¿Deseaba a aquel hombre tanto como para olvidar su respeto por sí misma y arriesgarse a arrepentirse de por vida? ¿Quería darle la satisfacción de saber que tenía razón, que no podía resistirse a él? ¿Y quería arriesgarse a un rechazo?

Él se colocó delante de ella. Sylvie veía la tensión en su figura y en su rostro. Eso hizo que algo se suavizara en su interior. Así de cerca, era infinitamente más seductor y menos formidable. Y mucho más difícil de resistir.

–Hay dos jeeps detrás de mí –dijo él–. El de la izquierda te llevará al aeródromo donde aterrizamos el otro día, si así lo quieres. El de la derecha es el que me llevo yo al oasis. Anoche te dije que nos iríamos los dos, pero yo he decidido quedarme. Quiero que te quedes conmigo. Creo que hay cosas de ti que no sé y quiero saber. Y te deseo. Esto ya no es por el pasado ni por la boda. Es por nosotros. Y ha sido por nosotros desde el momento en que nos conocimos.

Frunció los labios.

–Quizá nuestro fallo desde el principio ha sido que no hicimos nada con esta atracción en su momento. Si lo hubiéramos hecho, ahora no estaríamos aquí así.

A Sylvie se le contrajo el pecho con una mezcla de emociones diferentes.

–¿Porque estarías casado con mi hermana? Eso es odioso.

Él le puso un dedo en los labios para hacerla callar.

–No. Jamás habría intentado casarme con tu hermana si hubiera tenido una aventura contigo.

«Aventura». Esa palabra la golpeó con fuerza. Arkim no necesitaba aclarar que ella jamás sería una candidata al matrimonio ni a una relación.

En aquel momento estaba segura de que subiría al jeep de la izquierda. Pero entonces él sonrió y le puso una mano en el cuello, bajo el pelo, y ella dejó de pensar con claridad.

–Si no hacemos esto, si no exploramos nuestro deseo mutuo, este nos corroerá por dentro como ácido. Si eres lo bastante fuerte para alejarte y negar esto, adelante. No te perseguiré. No volverás a verme nunca.

La idea de no volver a verlo resultaba abrumadora de pronto. ¿Qué significaba aquello? ¿En qué la convertía?

Arkim apartó la mano y se hizo atrás. Sylvie casi extendió el brazo para detenerlo. «Hay cosas de ti que no sé y quiero saber». Sus palabras la seducían. Sentía un aleteo en el estómago. Nervios, excitación. La idea de ir con él, de conocerlo más, de tener intimidad con él... era terrorífica. Pero era más terrorífica todavía la idea de volver a su vida y no conocerlo.

Hacía mucho tiempo que se dejaba guiar por su instinto. Este la había retirado de la órbita de su madrastra y de la enorme pena de su padre a los diecisiete años, y la guio ahora hacia el jeep de la derecha.

Arkim no se mostró triunfante. Le abrió la puerta del automóvil para que entrara y volvió a cerrarla. Sylvie vio que los empleados metían el equipaje en la parte de atrás del jeep y cuando terminaron, Arkim puso el vehículo en marcha y salieron del castillo.

Pronto se vieron rodeados por dunas ondulantes y cielos azules. Guardaban silencio, pero no era un silencio incómodo. Sylvie fue la primera en romperlo.

–Halima me dijo que nunca has traído a otra mujer al castillo.

Él apretó la mandíbula.

–No, nunca.

Sylvie no quería que eso le importara, porque no significaba nada. Y la sensación de vulnerabilidad que le daba haberlo mencionado le hizo decir con frialdad:

–Tendría que haber adivinado que querrías mantener esta situación fuera de la mirada curiosa de la prensa. Lo último que quieres es que te asocien públicamente con alguien como yo.

Arkim la miró con un amago de sonrisa.

–Creo que nuestra relación se hizo muy pública cuando rompiste mi boda y dijiste que había pasado la noche en tu cama.

Sylvie se sonrojó. Había olvidado aquello.

–¿Ese oasis es tuyo? –preguntó para cambiar de tema.

Él fijó la vista en el camino.

–Sí, es parte de mis terrenos. Pero lo usan viajeros y nómadas. Jamás se me ocurriría negarles acceso como hacen otros. En realidad es su tierra.

Había un orgullo inconfundible en su voz y Sylvie entendió que, independientemente de la relación confusa que tuviera con él, aquel hombre no carecía de integridad.

–¿Cuál es tu conexión con Al-Omar? –preguntó con curiosidad genuina.

Arkim apretó la mandíbula.

–Mi madre era de aquí. El terreno perteneció a un pariente lejano. Ella se crio en B'harani. Su padre era consejero del viejo sultán, el anterior a Sadiq.

–¿Y ves a alguien de tu familia?

–Repudiaron a mi madre cuando llevó la vergüenza a su apellido. Nunca han mostrado ningún interés por conocerme.

–Siento que ella tuviera que pasar por eso –musitó Sylvie–. Debió de sentirse muy sola.

Pero sabía que a él no le gustaría que siguiera con el tema ni expresara compasión. Miró por la ventanilla.

–Esto es hermoso. Muy distinto a todo lo que he visto antes.

–¿No echas de menos las tiendas? –preguntó él–. ¿Las discotecas o la vida ajetreada de la ciudad?

Ella se puso inmediatamente a la defensiva.

–Me gusta mucho vivir en París, pero odio ir de compras. Y trabajo hasta tarde casi todas las noches, así que lo último que quiero hacer las que tengo libres es ir a una discoteca.

Arkim guardó silencio un momento.

–Háblame más de ti, pues –dijo luego–. ¿Cómo acabaste en París con diecisiete años?

Sylvie lo miró y vio algo diferente en él. Algo... conciliador.

–Me fui de casa a los diecisiete años porque nunca fui buena estudiante y quería bailar –contestó.

Evitó deliberadamente entrar en detalles.

–¿Y por qué no bailaste en el Reino Unido? ¿Por qué tenías que ir a París?

Arkim parecía curioso, no condenatorio, y Sylvie sintió una oleada de emociones al recordar aquellos días tumultuosos. Apretó los puños en su regazo sin darse cuenta de lo que hacía.

De pronto una mano de él cubrió las suyas. La miró con el ceño fruncido.

–¿Qué ocurre?

Ella lo miró sorprendida. El calor de su mano le hizo hablar sin pensar.

–Estaba recordando. No fue un periodo fácil.

Arkim retiró la mano para devolverla al volante.

–Continúa –dijo.

Sylvie miró al frente. Nunca había hablado de aquello con nadie. Y descubrir que estaba a punto de hacerlo con aquel hombre resultaba abrumador.

Sin embargo, ni siquiera él podría juzgarla tan mal como se juzgaba ella. Aunque tampoco lamentaba lo que había hecho, pues había aprendido mucho sobre sí misma en el proceso.

–Supongo que es evidente que mi madrastra y yo no nos llevamos bien. Eso ha sido así desde que se casó con mi padre. Y mi relación con él es bastante tensa. Me rebelé bastante contra ellos dos. Y Catherine, mi madrastra, me hacía la vida difícil.

–¿Cómo? –preguntó él.

–Quería que me fuera a un internado en Suiza, un modo de librarse de mí. Así que me fui a París a buscar antiguos contactos de mi madre. Siempre había querido bailar y había dado clases de niña. Pero después de la muerte de mi madre, mi padre perdió interés. Y cuando llegó Catherine, insistió en que las clases de baile no eran algo apropiado. No le gustaba mantener viva la memoria de mi madre.

Aquello no era toda la verdad. Su padre también había tenido problemas en mantener viva esa memoria, y eso había tenido consecuencias mucho peores para Sylvie. Su madrastra no era más que una mujer celosa e insegura y su rechazo no había dolido mucho a la chica. Pero su padre la conocía bien.

–¿Te fuiste a París sola y entraste a trabajar en la revista?

Sylvie asintió.

–Tenía cien libras esterlinas en el bolsillo cuando conocí a Pierre y encontré un hogar en la revista. Trabajé para pagar el entrenamiento, por supuesto. Me dejaba tomar clases, pero tenía que limpiar en mi tiempo libre.

–¿No aceptaste dinero de tu padre? –preguntó Arkim con incredulidad.

–No. No he aceptado ni un penique de él desde que me fui de casa. Estoy muy orgullosa del dinero que gano. No es mucho, pero es mío y me lo gano yo.

Arkim se quedó pensativo. Aquello era contrario a todo lo que siempre había asumido sobre ella, que era una niña rica y aburrida, que buscaba deshonrar a su familia solo por diversión. Pero parecía que había buscado refugio en París, en parte por rebeldía, sí, pero también porque se había visto empujada a ello.

–Deberías descansar un poco –gruñó–. Tardaremos una hora en llegar.

Sylvie lo miró sorprendida por el cambio de tema, pero su cuerpo se fue relajando poco a poco. Apoyó la cabeza en el respaldo y cerró los ojos.

–Hemos llegado.

Sylvie abrió los ojos y miró por la ventanilla. Se enderezó en el asiento, llena de admiración. Quizá seguía soñando, porque aquello era un paraíso. Estaban rodeados de verde, el verde más verde que había visto en su vida.

Arkim había bajado del jeep y le abría ya la puerta. Ella salió con piernas temblorosas.

Cerca de allí había dos tiendas grandes, muy decoradas, con el centro acabando en punta. A cierta distancia había tiendas más pequeñas, separadas de las otras por árboles. Alrededor del campamento se elevaban dunas, que casi lo rodeaban por uno de los lados, y en el otro había una pared rocosa. Cuando Sylvie la miró mejor, vio que era una exquisita piscina natural.

Se acercó atónita. El agua era tan clara que podía ver hasta las piedras del fondo. El aire era cálido y suave, muy alejado del calor duro que había conocido desde que llegara.

Sentía la presencia de Arkim a su lado, pero temía mirarlo porque se sentía embargada por emociones, especialmente tan pronto después de despertar. Era como si le faltara una capa de piel.

—Es obvio que es un lugar muy especial —consiguió decir, sin que su voz sonara muy ronca.

—Sí que lo es. Creo que es el lugar más pacífico de la Tierra —contestó él.

Sylvie lo miró y vio que él miraba el agua. Cuando alzó la vista, su mirada era tan directa que la dejó sin aliento. Nunca lo había visto con tan pocas defensas, y podía leer muchas cosas en sus ojos. Pero la que bajó directo hasta su vientre fue deseo.

Era un deseo tan primitivo, que ella casi dio un paso hacia él, antes de darse cuenta de que alguien los interrumpía para decirle algo. Mientras Arkim hablaba con el hombre, ella procuró controlarse. ¿Tan deseosa estaba de echarse en sus brazos?

—Nos han preparado el almuerzo —dijo Arkim.

Y ella lo siguió hasta una zona abierta fuera de las tiendas, donde habían instalado una mesa bajo una lona sujeta con cuatro postes. Resultaba rústico pero encantador.

Era una mesa baja, cubierta con un mantel de seda rojo, y no había cubiertos. Arkim señaló un cojín grande a un lado de la mesa para que Sylvie se sentara, conquistada por la comida colocada en bandejas. Solo el olor bastaba para que le gruñera el estómago.

Arkim se sentó enfrente y le tendió un plato con distintos tipos de comida, que ella asumió que debía comer con las manos.

–Prueba la bebida –dijo él–. La hacen en esta región. No es vino exactamente, pero es parecido.

Sylvie tomó un sorbo. Era dulce pero con un final agrio.

–Está delicioso.

Arkim sonrió.

–También es letal, así que basta con unos cuantos sorbos.

Ella frunció el ceño.

–Pensaba que no se bebía alcohol en esta parte del mundo.

–No. Pero en esta región hay nómadas que se han hecho famosos con esta bebida. Es una receta secreta, pasada de unos a otros durante siglos y hecha con bayas raras del desierto.

Sylvie tomó otro sorbo, disfrutando del paso del líquido por su garganta. Se daba cuenta de que siempre había sabido lo que era la sensualidad de un modo abstracto e intelectual, pero nunca la había encarnado. Y en aquel momento tenía la sensación de que la encarnaba, sobre todo cuando aquel hombre la miraba o la tocaba.

Dejó el vaso en la mesa, sorprendida de lo fácilmente que la conquistaba aquel lugar. Tenía la impresión de que era mucho más vulnerable a Arkim allí. Sabía que era irracional por su parte, porque ya había accedido a ir allí, pero sentía que tenía que apartarlo un poco.

–¿Por qué te has tomado la molestia de traerme aquí cuando los dos sabemos que esto no es ningún romance? –preguntó–. Dices que no me odias, pero lo que sientes por mí no está muy alejado de eso.

Arkim la miró. El pelo de ella brillaba tanto que casi dolía mirarlo. Su piel parecía alabastro... Una perla contra el fondo de aquel lugar de tonos ocres.

–Tú has vuelto mi vida del revés –respondió, con una sinceridad no intencionada–. Me irritas y me frustras. Y te deseo más de lo que nunca he deseado a otra mujer. Lo que siento por ti es ambiguo.

Sylvie lo miró y, esa vez, el dolor que expresaban sus ojos era inconfundible. Antes de que Arkim pudiera reaccionar, ella se levantó y paseó un momento. Luego se volvió y se cruzó de brazos.

–Esto ha sido un error. No he debido venir aquí contigo.

Arkim maldijo su lengua y se levantó a su vez. Sylvie volvía a dejar al descubierto sus cualidades más bajas. No podía creer lo zafio que era con aquella mujer. Avanzó hacia ella y Sylvie retrocedió un paso. Él reprimió el impulso de agarrarla.

–Estás aquí porque quieres estar, pura y simplemente. Esto no tiene que ver con lo que pasó. Tiene que ver con nosotros, con aquí y ahora. Nada más. No te engañaré. Hay una sinceridad física entre nosotros que creo que es más íntegra que ninguna emoción pasajera.

Vio que ella palidecía y se sintió como si tuviera en la mano un delicado colibrí de colores brillantes y este estuviera a punto de salir volando y desaparecer para siempre.

Quería que ella admitiera que lo deseaba. Lo desconcertaba ver cuánto quería eso cuando hasta entonces no había considerado mucho los sentimientos de ella.

–Anoche tenías razón –dijo–. No te conozco, pero quiero hacerlo. Siéntate y termina de comer. Por favor.

Estaba tenso, esperando. Pero Sylvie volvió a sentarse. Esquivó su mirada y siguieron comiendo aunque con más tensión que antes.

Un rato después, ella se limpió la boca con la servilleta y tomó otro sorbo de bebida. Miró a Arkim con intensidad.

–¿Y cómo fue crecer en Los Ángeles? –preguntó.

–Lo odiaba –contestó él, aliviado de que iniciara una conversación–. Tanto, que no he vuelto nunca.

–Yo fui a Las Vegas y lo odié –comentó ella–. ¡Es tan artificial! Como un plató de cine.

–Los Ángeles es gigantesco, con muchas zonas distintas separadas por kilómetros de autopista, sin conexión real entre ellas. Todo el mundo busca la fama, se esfuerza por ser más delgado, más bronceado, más perfecto que el vecino. No hay alma.

–Dicen que en Los Ángeles nadie va andando.

Arkim sonrió.

–Es cierto. A menos que vayas a lugares como Santa Mónica, y entonces es como cruzar una pasarela.

–¿Y de verdad no has visto a tu padre desde que te marchaste?

–Desde los diecisiete años, no –Arkim hizo una mueca–. Aunque no me marché. Quería hacerlo, pero era menor de edad. Me echó él.

–¿Por qué?

–Porque me pilló acostándome con su amante, una actriz porno famosa.

Arkim sorprendió distintas expresiones en el rostro de Sylvie: sorpresa, dolor y rabia.

–¡Eres un hipócrita! –exclamó ella–. Tienes el valor de juzgarme a mí cuando tú...

–Espera –musitó él.

Sin darse cuenta de lo que hacía, extendió el brazo y la agarró por la muñeca. Por primera vez en su vida, descubrió que le salían las palabras sin que pudiera detenerlas... Y que necesitaba que ella las entendiera.

Porque si Sylvie lo condenaba, entonces no tendría ninguna esperanza de redención.

–Yo no la seduje a ella. Me sedujo ella a mí.

Sylvie lo miró. Había algo casi desesperado en sus ojos. La rabia de ella, que había explotado de golpe, empezó a disiparse.

–¿Qué quieres decir? –preguntó.

Él le soltó la muñeca y se puso en pie. Paseó un momento por la arena y luego se volvió a mirarla.

–Había ido desde Inglaterra por las vacaciones de verano. Mi padre se había negado a dejar que me quedara en Europa aunque le había ofrecido trabajar y pagarme mis gastos. Había terminado el Bachillerato y estaba esperando entrar en la universidad. Mi padre sabía que odiaba Los Ángeles y me tomaba el pelo por eso.

Frunció los labios.

–Dondequiera que iba, allí estaba Cindy. Especialmente cuando mi padre no andaba cerca. Y casi siempre estaba semidesnuda. Pensaba que podía resistirla. Lo intenté todo el verano. Pocos días ante de que volviera a Inglaterra, me encontró al lado de la piscina. Fui muy débil. Lo peor fue que ella conservó el control todo el tiempo mientras que yo lo perdí. Mi padre nos encontró en la caseta de la piscina.

Sylvie no sentía ganas de condenarlo. Imaginaba que ya se había condenado a sí mismo muchas veces, y probablemente con más dureza que ninguna otra persona.

–Tenías diecisiete años –dijo con empatía–. Probablemente no haya ningún adolescente excitado en el planeta que pueda resistir la seducción de una mujer más mayor y experimentada, y mucho menos la de una estrella porno cuyo trabajo es controlar el sexo.

El rostro duro de Arkim no se relajó.

–Solo lo hizo porque quería dar celos a mi padre para empujarlo a algún tipo de compromiso. Pero le salió mal. A ella también la echó.

Se volvió a mirar el paisaje.

–¿Sabes que vi mi primera orgía con ocho años? –preguntó.

Sylvie se llevó una mano a la boca.

–Arkim, eso es...

Él volvió a girarse.

–Así era mi vida –dijo con dureza–. Alguien me vio mirando y, por supuesto, yo no entendía lo que pasaba en realidad. Después de eso, mi padre me envió a un colegio en Inglaterra. Le excitaba la idea de enviarme a estudiar con la realeza británica. Pero creo que eso me salvó. Solo tenía que sobrevivir a las vacaciones, y aprendí a apartar la vista de las fiestas depravadas que le gustaba dar.

La idea de que un niño viera todo aquello y luego lo enviaran lejos... Sylvie se puso en pie.

–Eso fue abuso infantil –dijo–. Y lo que te hizo aquella mujer también fue otro tipo de abuso.

Arkim sonrió, pero era una sonrisa cínica, y Sylvie odió aquella sonrisa.

–¿Abuso, cuando era el momento más excitante de mi vida hasta aquel punto? Ella me enseñó cuánto placer puede sentir un hombre. Me sometí a ella. Aunque me odiaba por eso.

Por un segundo, Sylvie sintió tal ráfaga de celos, que casi dio un respingo. Le dolía imaginar a aquel hombre sometiéndose a una mujer que le había dado placer.

Por suerte él no pareció notar su reacción.

–¿Sabes lo que es crecer bajo la influencia de alguien que carece de brújula moral? –preguntó él.

Sylvie negó con la cabeza.

–Te manchan sus obras, por mucho que intentes distanciarte. Es un tatuaje que llevas en la piel para siempre. Y yo fallé la prueba. Demostré que no era mejor que mi padre, un hombre que deshonró a una mujer dulce e inocente de un país extranjero y la dejó tirada cuando más lo necesitaba.

En aquel momento, Sylvie vio la intensa lucha personal de Arkim. Vio por qué había reaccionado así con ella. Lo atractivo que le resultaba un matrimonio respetable. De pronto todo tenía sentido.

Se acercó un empleado, que le dijo algo a Arkim.

–Hay unos nómadas que quieren hablar conmigo –dijo este, cuando se retiró el hombre–. Deberías descansar un rato. Es la parte más calurosa del día.

Sylvie sintió aquello como una despedida encubierta. Él se alejó y se acercó una mujer de edad mediana vestida de negro. Tenía un rostro sonriente y ojos amables. Dijo algo en el idioma del país y le indicó por señas que la siguiera. Sylvie la acompañó hasta la más pequeña de las dos tiendas grandes.

La mujer se quitó los zapatos antes de entrar, así que Sylvie la imitó.

Tardó un momento en acostumbrarse al interior, más oscuro, y cuando lo hizo, abrió mucho los ojos. Dentro hacía más fresco y toda la zona del suelo estaba cubierta de alfombras orientales, cada una más lujosa que la anterior. La sensación en los pies era como de seda.

La tienda era lo más decadente que había visto Sylvie jamás. Oscura y llena de materiales lustrosos.

Enormes cojines blandos alrededor de una mesita baja. Un biombo con intrincados dibujos chinos. Hermosas lámparas que emitían luz suave y atraían la vista hacia el punto más focal de la tienda: La cama.

Estaba levantada sobre una plataforma en el centro de la estancia. Tenía cuatro columnas, con cortinajes pesados retirados en cada esquina. Encima había más cojines de colores exuberantes. Sylvie los tocó. Eran de satén y seda. La cama era una muestra desvergonzada de opulencia.

La mujer la miró con ojos brillantes y Sylvie se sonrojó y la siguió a la zona del baño, otro espacio sensual con una enorme bañera de cobre con patas.

Cuando se quedó sola, paseó adelante y atrás, esperando ver entrar a Arkim en cualquier momento. Como no aparecía, comprendió que había hablado en serio al aconsejarle una siesta y fue a tumbarse en la cama, blanda como una nube.

Antes de quedarse dormida, se dijo que no volvería a pensar en lo que él le había contado, porque por ese camino acechaban muchos peligros, y sentimientos que la volvían mucho más susceptible a aquel hombre.

Capítulo 7

SYLVIE despertó con un sobresalto. Tenía una pesadilla sobre cientos de personas sin rostro desnudas y con las extremidades entremezcladas hasta tal punto que no podía saber dónde terminaba una persona y empezaba otra. En el sueño, ella era pequeña e intentaba buscar una salida, pero se asfixiaba cada vez más.

Se estiró en la cama y apartó de su mente los últimos retazos del sueño. Vio que habían entrado en la tienda y encendido más luces. ¿Arkim?

Entró en la zona del baño, se desnudó y dejó caer la ropa al suelo. Se metió en la ducha, que estaba en un cubículo grande, cerca de la bañera y abierta a los elementos. El atardecer empezaba a teñir el cielo de colores y ella no pudo por menos de sentirse afectada por la magia del lugar mientras el agua cálida caía por su cabeza y su cuerpo.

Al final cerró el grifo, se envolvió en una toalla y enrolló otra alrededor del pelo mojado. Encontró una bata colgada en la parte de atrás del biombo. Una hermosa prenda de seda de color verde esmeralda, ligera como una pluma, y se la puso.

Se acercó a la puerta de la tienda y miró fuera. El cielo era de color lila. No se veía a nadie, pero oía voces en la distancia y olía a comida. Ni rastro de Arkim.

Pensó en la piscina que había visto antes y se puso los zapatos para ir a explorar. El aire era cálido. Cuando se acercó a la piscina, apartó unas ramas y se detuvo de pronto, con el corazón en la boca.

Dentro estaba Arkim desnudo.

Estaba de pie en la parte superficial y ella vio su trasero musculoso cuando él se inclinó a echarse agua por la cabeza. El agua cayó por su espalda. Luego se enderezó y se puso tenso. La había percibido. Sylvie dejó de respirar. Sabía que debía dar media vuelta y salir corriendo, pero no podía moverse.

Y entonces él se volvió.

Tenía el pecho echado hacia atrás y era... Magnífico. Sylvie había visto cuerpos de hombres desnudos, pero nunca uno como aquel. Su pecho era ancho y musculoso. El vello oscuro del pecho cubría los pectorales y bajaba por el abdomen hasta...

A Sylvie le latía tan deprisa el corazón que no sabía cómo podía tenerse en pie todavía. El pene de Arkim se movió bajo su mirada, endureciéndose, alzándose desde la mata de pelo oscuro que lo rodeaba.

Ella subió la vista y se encontró con los ojos de él. El mismo aire pareció contraerse a su alrededor.

Él salió de la piscina y se inclinó para tomar un trozo de tela y colocársela alrededor de la cintura. Ella comprendió entonces que quería entregarse a él, a aquel hombre que no había tenido ni un momento de pureza en su vida. Que había visto cosas a una edad muy temprana que habían oscurecido para siempre su visión del mundo.

Ella tenía su inocencia y deseaba dársela a él con todas las fibras de su ser. Como si así pudiera compensar por algo.

Arkim se acercó y Sylvie lo miró fijamente a los ojos

—¿Qué quieres? —preguntó él.

No era solo una pregunta, era casi una exigencia.

Sylvie contestó lo que había en su corazón, en su alma y en su cuerpo.

—A ti.

Él alzó una mano y le quitó la toalla que le envolvía el pelo mojado, con lo que este cayó suelto alrededor de sus hombros. Le puso las manos en los brazos y la atrajo hacia sí hasta que se tocaron. Hasta que a ella le dolieron los pezones por la necesidad de apretarlos más contra él. La erección de él presionaba su vientre y la excitación inundaba sus venas.

—¿Seguro que quieres esto? —preguntó él.

Ella se acercó más.

—Sí.

Arkim la tomó en sus brazos y la llevó a la tienda más grande. El interior era similar al de la tienda de ella, pero más grande, más masculino, con colores más fuertes. Y la cama del centro era gigantesca.

Él la dejó de pie en el suelo al lado de la cama y le tomó el rostro entre las manos.

—Te he deseado desde el primer momento en que te vi. Lo consideraba una debilidad, algo que tenía que negar. Pero ya no más.

Sylvie se sintió vulnerable. Lo creía, y sus palabras tenían muchas implicaciones en las que no podía pensar en aquel momento.

En un impulso, se puso de puntillas y le rodeó el cuello con los brazos.

–Deja de hablar. Estás arruinando el momento.

Arkim sonrió, tiró del cinturón de la bata de ella y la abrió. Ella le quitó los brazos del cuello y quedó de pie ante él, con el corazón palpitándole con fuerza, mientras Arkim abría la bata y miraba su cuerpo desnudo.

La miró largo rato, hasta que ella sintió que empezaba a temblar levemente. Conocía su cuerpo, pero en aquel momento lo sentía extraño, y eso le daba inseguridad.

–Estás temblando.

Ella intentó sonreír.

–Me intimidas.

Arkim se quitó la tela que le rodeaba la cintura y terminó de quitarle la bata a ella.

–Ahora estamos iguales –dijo.

Tiró de ella y ambos cayeron juntos sobre la cama. Sylvie estaba encima del cuerpo duro de él y se sentía mareada. Arkim empezó a acariciarle la espalda desnuda y las nalgas. Le separó los muslos para que quedaran a ambos lados de sus caderas.

La besó largo rato en la boca y luego la colocó de espaldas, de modo que ella quedara debajo. Deslizó uno de sus muslos entre las piernas de ella y se movió contra ella. La fricción provocó una deliciosa tensión dentro de Sylvie.

Arkim la miró con hambre.

–Eres más hermosa de lo que jamás habría imaginado.

Ella negó con la cabeza.

–No. Tú eres hermoso.

Pero él no pareció oírla. Estaba acariciando sus pechos. Bajó la cabeza y sopló con gentileza en uno de los pezones. Y luego se lo introdujo en la boca y lo acarició con la lengua.

Ella deslizó las manos en el pelo de él para atraerlo hacia sí. Tenía la espalda arqueada y casi no podía pensar. Él acarició ambos pechos hasta que parecieron hincharse y después empezó a bajar. Sylvie solo se dio cuenta de que sus manos seguían en el pelo de él cuando Arkim las apartó, tomó ambas manos con una suya y las sujetó cautivas sobre el vientre de ella.

Siguió bajando más y le separó las piernas con su cuerpo.

Sylvie reprimió un grito cuando sintió la lengua de él en su interior. Luego la rozó con los dientes y la tensión alcanzó tal intensidad en ella, que pensó tendría que gritar para liberar la presión.

Era vagamente consciente de que se movía en dirección a él. Y entonces él le apretó un pecho y ella explotó en un millón de pedacitos de placer tan intenso que no podía ver ni respirar.

Había tenido orgasmos antes. Era imposible trabajar donde trabajaba ella e ignorar totalmente el modo de darse placer, pero siempre había sido por su propia mano y nunca tan espectacular. En realidad, había pensado que se exageraba mucho con aquello de los orgasmos. Evidentemente, ella no lo había hecho bien.

Fue consciente de que él se apartaba un momento y luego volvía y se colocaba sobre ella, apoyado en los antebrazos.

Sylvie lo sintió colocarse entre sus piernas y a continuación llegó la poderosa embestida de su erección en los pliegues sensibilizados del sexo de ella. Por un momento pensó que era demasiado pronto, que ella no podría... Pero luego él movió la punta de su erección entre los pliegues y todo el cuerpo de ella se estremeció de anticipación.

Puso las manos en los brazos de él, como si quisiera agarrarse para el viaje, y abrió más las piernas en un gesto tácito de aceptación.

Sylvie lo miraba con ojos enormes, como si él conociera todos los secretos del universo. Arkim estaba al borde de perder el control. Empezó a hundirse en ella, en su vaina sedosa y caliente.

Muy caliente y muy apretada.

De hecho, cuando su cuerpo buscó ir más hondo, se dio cuenta de que el cuerpo de Sylvie estaba cerrado contra él de un modo que no había encontrado nunca.

Su cerebro estaba recalentado, su cuerpo pedía a gritos la liberación de la tensión y aquellos enormes ojos claros lo miraban fijamente. Los pezones duros de ella rozaban su torso y él estaba a punto de perder el control. Apretó los dientes y embistió... Y no llegó a ninguna parte.

Oyó que Sylvie respiraba con fuerza y bajó la vista. Su cerebro estaba demasiado confuso para intentar averiguar qué fallaba. Pero algo no iba bien.

Ella, que un momento atrás estaba sonrojada de placer, ahora estaba pálida, se mordía el labio inferior y sus ojos brillaban con... ¿Lágrimas?

Una sospecha empezó a abrirse paso en la mente de él, pero la apartó. Ella era pequeña, eso era todo. Mucho más pequeña de lo que él había creído.

Tensó las nalgas, intentó abrirse paso y Sylvie le agarró las manos con fuerza y le clavó las uñas.

–Para, por favor. Me haces daño.

Y la verdad resonó en la cabeza de Arkim como un claxon desbocado. «Virgen. Inocente».

Era demasiado para asimilarlo. Pero tenía que hacerlo. Ella era virgen.

Se apartó y la mueca de dolor de ella le hizo sentir como si le hubieran dado un puñetazo en la tripa. Se levantó como pudo. Le temblaban las piernas. Miró a Sylvie sin verla y empezó a funcionar en piloto automático. Fue a la zona de baño a quitarse la protección.

Vio su cara en el espejo. Oscura, fiera. Parecía... Su padre. Con aquel brillo insaciable en los ojos. Narcisista y empeñado solo en su propio placer. Sin importarle si alguien era inocente y pura. Como su madre. Como Sylvie.

No era mejor que su padre. Aquello lo demostraba mucho más que una humillación adolescente con una actriz porno. Algo frío se instaló en su corazón. Algo duro y familiar.

Volvió y encontró a Sylvie sentada en un lado de la cama, envuelta con la sábana. La miró. Parecía muy triste.

Arkim se puso los pantalones. Una rabia irracional empezaba a crecer en su interior. Se colocó enfrente de ella.

–¿Por qué no me lo has dicho?

Sylvie se encogió.

–No sabía si te darías cuenta. Te lo iba a decir, pero no sabía cómo.

Arkim tenía la sensación de que su fealdad estaba al descubierto. Hizo una mueca de burla.

–¿Qué tal «Eh, Arkim, soy virgen, ve con cuidado»?

Ella se levantó entonces y él pudo ver que temblaba. La piel de los hombros y la parte superior del torso era muy blanca. Delicada. Frágil. Y él se había portado como un toro en una tienda de porcelana.

Quería romper algo.

–No creía que lo notarías y no creía que fuera importante,

–Pues lo he notado y es importante –Arkim se cruzó de brazos–. Tienes veintiocho años y trabajas en un club de estriptis. ¿Cómo demonios sigues siendo virgen?

Ella alzó la barbilla.

–No es un club de estriptis. Y... antes nunca me había interesado el sexo.

Arkim le puso una mano en el brazo.

–¿Por qué? –preguntó–. Y no me digas que no te interesaba el sexo. Eres un ser sexual. Exudas sexo. No lo sabía. De haberlo sabido...

Ella se soltó. Echaba chispas por los ojos y ya no parecía vulnerable.

–¿Qué? ¿Habrías declinado la oferta? –preguntó.

Vio su bata en el suelo y se agachó a recogerla. Se quitó la sábana y se la puso, pero no antes de que Arkim viera su exquisito cuerpo y el suyo reaccionara con fuerza.

Ella lo miró de hito en hito.

–¿De verdad quieres saber la motivación psicológica por la que sigo siendo virgen? –preguntó.

Él ya no quería. Pero ella continuó.

–Mi padre me rechazó de niña. Mi madre, su adorada esposa, había muerto, y yo me parecía tanto a ella que no podía soportar mirarme y me envió fuera de casa. Desde entonces nunca ha podido mirarme sin dolor. La verdad es que me habría cambiado por ella sin dudarlo.

A Arkim se le oprimió el pecho.

–¿Cómo puedes saber eso?

–Porque le oí hablar con alguien. Oí que decía que no podía soportar verme, que le recordaba constantemente que ella había muerto y que, si pudiera, la tendría a ella en vez de a mí.

Arkim extendió el brazo, pero ella se apartó.

–Y en cuanto a por qué he decidido dejar que fueras mi primer amante... Quizá me sentía extrañamente segura porque ya me habías rechazado a todos los niveles que importaban. Cuando llevas toda tu vida protegiéndote contra el rechazo, casi es un alivio no tener que temerlo más.

Se ciñó la bata todo lo que pudo y se marchó.

Sylvie se sentía tan humillada y furiosa que habría podido llorar. Pero la rabia mantenía sus lágrimas a raya. ¿Qué demonios la había poseído para abrirle su alma a Arkim de aquel modo? A él no le importaba nada la sensiblera historia de su relación con su padre.

Se sentó en su cama. Nunca había esperado que perder la virginidad fuera tan difícil, que doliera tanto. Y había creído de verdad que él no se daría cuenta y sería su secreto.

Y no había dicho la verdad. El rechazo anterior de él no la había preparado para aquello, para lo mucho que le dolía. Mucho más que el dolor físico.

Se recordó que ella había ido allí sabiendo los riesgos y la única culpable era ella misma. Arkim sin duda había terminado con ella. La dejaría ir y no volvería a verlo nunca más.

Se levantó y empezó a llenar la bolsa de viaje con la ropa que alguien había desempaquetado mientras dormía.

–¿Qué haces? –preguntó una voz familiar a sus espaldas.

Ella no se volvió.

–Me marcho.

–¿Por qué?

Sylvie se volvió. Con las luces parpadeantes de la tienda, él parecía enorme. Se había puesto una túnica encima de los pantalones.

–Tu reacción de hace un momento no indicaba precisamente que quisieras que pasáramos más tiempo juntos –repuso.

Arkim tardó un momento en contestar.

–Mi reacción podría haber sido mejor –musitó–. ¿Te he hecho daño?

Sylvie sintió mariposas en el estómago, pero intentó ignorarlas.

–Estoy bien –dijo.

Y era cierto. El dolor físico había desaparecido en cuanto él se había retirado. Solo quedaba cierta sensibilidad.

–Es obvio que no estabas preparado para que fuera virgen porque desde el principio asumiste que era una especie de rame... –añadió.

–No digas esa palabra.

Arkim se adelantó con rostro duro. Sylvie sintió un dolor nuevo. ¿Por qué hacía eso? ¿Preocuparse?

–Oye –dijo–, no tienes que disculparte en absoluto. Lo entiendo. Que yo fuera virgen ha sido una sorpresa que no te ha gustado y comprendo que no desees ser el que me inicie.

Arkim se acercó más y movió la cabeza con un gesto de incredulidad.

–No es eso en absoluto. No he reaccionado como debía y lo siento. No tenía derecho a enfadarme contigo. Solo ha sido una sorpresa porque esperaba... –se detuvo y se pasó una mano por el pelo. Lanzó una maldición y caminó hasta la puerta de la tienda, pero se detuvo antes de salir.

Habló a la oscuridad de fuera.

–Mi madre era virgen. Mi padre la sedujo y le quitó la virginidad. Ella no disfrutó la experiencia. Él fue muy brusco.

Se volvió y Sylvie se dejó caer sentada en la cama.

–¿Cómo sabes eso?

–Llevaba un diario. Estaba en una caja con sus

pertenencias personales, que mi padre conservó milagrosamente. Lo leí de adolescente –su voz era ahora más dura–. Cuando he visto que eras inocente, me he dado cuenta de que estaba obrando igual que mi padre.

Sylvie negó con la cabeza. Se levantó y se acercó a él.

–Tú no lo sabías. Podía habértelo explicado, pero no lo hice –se mordió el labio inferior–. Esto te va a sonar estúpido, pero cuando me contaste lo que te pasó a ti, yo quise ser la que...

Arkim echó la cabeza atrás.

–¿Querías acostarte conmigo porque te daba lástima?

–No. Bueno, quizá, en cierto sentido sí.

Él parecía dispuesto a salir corriendo y ella le puso una mano en el brazo.

–No en ese sentido. Tú no inspiras lástima, créeme. Quería acostarme contigo porque eres la primera persona que ha conectado conmigo a ese nivel. Te deseo desde el momento en que te vi.

Le soltó el brazo y evitó su mirada.

–Pensé que de algún modo podía darte algo... puro. Lo más puro que tengo para dar. Mostrarte que no todo está manchado –volvió a mirarlo–. Tú no eres como tu padre y yo no soy como tu madre. Eres considerado, te has parado cuando has visto que me dolía.

Arkim alzó una mano y le acarició la barbilla.

–¿Qué te parece si empezamos de nuevo?

–Sí –musitó ella.

Arkim se acercó más.

–Y por lo que pueda servir, yo no te rechazo –dijo–. Te acepto plenamente –su voz se volvió ferviente–. Eres mía y de nadie más –algo oscuro cruzó por su rostro–. Si fuera un hombre mejor, te dejaría marchar, pero soy demasiado egoísta para dejar que te tenga otro.

La besó y esa vez el fuego los envolvió con más rapidez que antes. La llevó a la cama y la desnudó.

Se quitó la ropa y ella miró su cuerpo con ansia, como si lo viera por primera vez. Su erección era larga y gruesa y ella sintió una chispa de miedo al recordar el dolor.

–No te preocupes, no volveré a hacerte daño –dijo él, como si le leyera el pensamiento.

Ella lo miró y el corazón le dio un vuelco. Asintió con la cabeza.

Él se tumbó a su lado en la cama y procedió a hacer todo lo que había hecho antes y más, hasta que ella empezó a retorcerse y a suplicar. Su sexo estaba caliente y húmedo, ansiando sentirlo de nuevo, con dolor o sin él.

–Tócame primero –dijo él con voz ronca, colocado sobre ella con su cuerpo poderoso entre las piernas de ella.

Sylvie bajó la vista a la erección, ya con protección, y rodeó el pene con la mano. Apretó con gentileza, movió la mano arriba y abajo experimentalmente y después lo miró a él y vio mucha tensión en su cara. Se contenía, iba despacio por ella, quería que se fuera acostumbrando a él.

Ella lo soltó y colocó ambas manos en las cade-

ras de él. Alzó las piernas en un movimiento feme-
nino instintivo, tan viejo como el tiempo.

–Ahora, Arkim. Te necesito ahora.

Vio que él dudaba y luego cedía. Su cuerpo se fun-
dió con el de ella y se hundió en ella poco a poco,
centímetro a centímetro. Hasta el punto de resistencia.

–Cariño, relájate. Déjame entrar.

Sus palabras derritieron algo dentro de Sylvie,
que sintió que relajaba todos los músculos, que estaban muy tensos.

Arkim entró un poco más. Ella se sentía llena.
Casi incómoda. Pero también muy bien. Arkim siguió avanzando hasta que ella apenas pudo respirar
y sus caderas se tocaron. Se sentía empalada, pero
completa. Era una sensación nueva y extraña. Y entonces él empezó a salir, inició un movimiento de
baile entre sus cuerpos que Sylvie no sabía que existía. Cuando pensaba que se iba a retirar del todo, él
volvía a entrar, y a ella cada vez le parecía más im-
perativo que lo hiciera.

Abrazaba la cintura de él con las piernas y le
puso las manos en sus nalgas para animarlo sin
palabras a que sus movimientos fueran más fuertes.

Arkim resopló.

–Debería haber sabido que aprenderías rápido
–dijo jadeante.

Ella le sonrió. Arkim entonces tocó algún punto
profundo en su interior que desencadenó ondas de
placer. Sus movimientos se hicieron más rápidos y
salvajes, como si ya no pudiera controlarlos más, y
la deliciosa tensión que Sylvie había sentido antes
se instaló de nuevo en ella, cada vez más intensa.

Arkim puso una mano entre ellos y la acarició con el pulgar y ella no pudo reprimir un grito y explotó en una cascada de luz y sensación. Todo su cuerpo se convulsionó de placer.

Arkim llegó también al orgasmo con estremecimientos potentes, y en medio del cataclismo, Sylvie seguía sintiendo las contracciones de su cuerpo alrededor del de él. En ese momento se sentía más completa que nunca.

Capítulo 8

SYLVIE flotaba de espaldas, desnuda en el agua cálida, y miraba un cielo interminable de color violeta. El atardecer era prácticamente la única hora a la que él la dejaba salir, por miedo a que el sol dañara su piel, aunque ella se cubría fielmente con protección de factor cincuenta.

El agua sedosa se deslizaba entre sus piernas, aliviando su sensibilidad. No pudo reprimir una sonrisa. La semana anterior había sido la más enriquecedora y sorprendente de su vida. Un seminario intensivo en artes sensuales, con un verdadero maestro.

Todas las noches y gran parte del día, Arkim le hacía el amor hasta que ella se veía reducida a una masa de sensación, lujuria y anhelo.

Se sentó en un saliente de piedra natural dentro del agua, con la parte superior de los pechos al descubierto y se sonrojó al imaginarse a Arkim poseyéndola allí. Animándola a que le abrazara la cintura con las piernas y penetrándola tan profundamente que ella tendría que morderle la piel para reprimir gritos de éxtasis.

Físicamente se sentía más repleta y feliz que nunca. Emocionalmente, sin embargo... Se le encogió el estómago.

Desde que Arkim y ella habían empezado a dormir juntos, no había habido más confesiones personales. No sabía lo que pensaba de ella ahora, más allá de la evidencia física de que la deseaba. Y ella a él. Más y más cada día. Daba la impresión de que, cuanto más hacía el amor con él, más fuertes se volvían los vínculos que los unían.

En su caso.

¿En el de él? Un hombre como Arkim Al-Sahid, con sus oscuros secretos y su pasado problemático jamás elegiría a una mujer como ella.

Aunque hubiera sido virgen, y eso cambiara su percepción de ella, seguía siendo difícil de aceptar en el mundo de él. Ella no debía olvidar eso, y no debía dejarse atrapar por aquel interludio de magia y locura.

A pesar de todo, él le había hecho un regalo increíble. El de descubrir su sensualidad. Había tomado los trozos rotos dentro de ella y había forjado un nuevo ser. Y eso sería lo que Sylvie se llevaría consigo cuando aquello terminara.

Oyó movimiento y vio a Arkim de pie al borde de la piscina, con solo una toalla alrededor de la cintura. Con los brazos en jarras y una mueca en el rostro, resultaba muy intimidante. La buscaba, y a Sylvie se le aceleró el pulso cuando la mirada de él se cruzó con la suya.

Calor. Deseo.

La mueca desapareció del rostro de él para ser reemplazada por una expresión carnal. Se quitó la toalla y la dejó caer al suelo. Entró en la piscina gloriosamente desnudo.

Cuando se acercó lo bastante como para tocarla, Sylvie tenía ya las piernas abiertas y estaba preparada para él.

La punta de su erección se alojó en el sexo de ella y se deslizó entre sus pliegues húmedos. Sus manos acariciaron los pechos de ella antes de que él bajara la cabeza y succionara primero un pezón y después el otro.

A continuación la besó en la boca y la penetró con fuerza. Todo se aceleró entonces. Ella estaba tan a punto, que no pudo reprimir una serie de orgasmos y sintió que Arkim luchaba por resistir. Pero era demasiado. Se separó en el último momento y su semen cayó sobre los pechos y el vientre de ella. Tenía el rostro echado hacia atrás en un silencioso grito de éxtasis.

Sylvie sintió frío a pesar del calor y de la languidez de sus huesos. Porque ansiaba sentir su semilla dentro, donde podía crear vida y unirla para siempre a aquel hombre.

–¿Piensas desaparecer para siempre?

Arkim miró el teléfono por satélite con una mueca y contestó a su ayudante ejecutivo.

–Por supuesto que no.

–Me alegro, porque el trato con Lewis sigue en pie. Más o menos. Pero tienes que estar aquí para arreglar eso.

Arkim terminó la llamada después de unos minutos más de conversación. Estaba a caballo, en una duna de arena, mirando el oasis abajo.

Veía la melena pelirroja de Sylvie, que jugaba al pilla-pilla con un grupo de niños nómadas. Oía sus gritos de alegría desde allí. Su piel había adquirido un brillo dorado y algunas pecas, a pesar del alto factor de protección que usaba.

Arkim sonrió y una profunda sensación de satisfacción lo embargó.

Siempre había procurado que sus amantes no sobrepasaran los límites de la cama. Siempre iba a casa de ellas o se veían en hoteles. Nunca las había llevado a su espacio personal ni las había alentado a hablar de temas personales.

«¿Piensas desaparecer para siempre?».

De repente pensó qué demonios estaba haciendo y sintió frío por dentro. Su reputación seguía en la balanza y era gracias a los actos de aquella mujer. Había llevado a cabo su venganza. La había tenido bajo él suplicándole que la poseyera. Pero no le había pedido perdón. ¿En qué momento se había olvidado él de eso?

«La primera vez que ella te abrió las piernas».

Empezó a darse cuenta de hasta qué punto la había admitido en su vida. De lo mucho que le había contado. Y todo porque desde su llegada no había sido para nada como él esperaba. La mayor revelación de todas había sido su inocencia. Su inocencia física.

Porque no tenía más remedio que reconocer que su inocencia acababa allí. Todavía no le había contado sus razones para interrumpir la boda.

Algo le cosquilleó por el cuello y la columna. La

sensación de haber sido muy ingenuo. Unos momentos atrás, antes de la llamada de teléfono, había contemplado lo que podría ocurrir después de Al-Omar. La posibilidad de mantenerla como amante. Porque no veía un final a su deseo. Cuanto más la poseía, más la deseaba.

Desde donde estaba vio que llamaban a los niños y estos se dispersaban. Sylvie alzó la vista hacia donde él estaba haciéndose visera con la mano. Arkim sintió la atracción incluso desde allí. Imaginó un escenario en el que volvía a la civilización y permitía que Sylvie se metiera todavía más dentro de su piel. Ella era la última mujer que necesitaba en su vida en aquel momento, cuando todo estaba aún en suspenso por su culpa.

Arreó al caballo para volver al oasis. Sabía lo que tenía que hacer.

–¡Mira! ¡Es un cachorro con los ojos como los míos!

Sylvie estaba sentada con las piernas cruzadas fuera de la tienda de Arkim, más contenta de lo que quería admitir de verlo regresar de su llamada por satélite, aunque fuera con un aire sombrío. Levantó la bolita de piel blanca para mostrarle los ojos azul y marrón del perrito.

–Me lo ha enseñado Sadim, uno de los chicos más pequeños.

–No deberías cogerlo –dijo él–. Los perros aquí son fieros.

Sylvie tuvo la sensación de que algo iba mal. El

tono de él tenía una dureza que no le había oído en días. Se levantó, acunando al perro contra el pecho.

–No es fiero. Es precioso.

El niño al que había hecho mención estaba cerca de allí. Arkim le indicó con brusquedad que se acercara. Tomó el cachorro y se lo dio al niño. Le dijo algo que hizo que el chico lo mirara como si acabara de darle una patada al perrito y saliera corriendo.

Sylvie lo miró de hito en hito.

–¿Por qué has hecho eso?

–Porque no tenemos tiempo para esto. Hay que irse. Tengo que volver a Londres.

–Oh, ¿va todo bien?

–He pedido un helicóptero para que venga a buscarte en un par de horas. Halima se asegurará de que tus cosas del castillo estén a bordo.

–¿Para mí sola? –preguntó ella.

El rostro de él era inexpresivo.

–Sí, para ti. El helicóptero te llevará al aeropuerto internacional de B'harani, donde te esperará uno de mis empleados y te acompañara hasta un avión que te devuelva a Francia. Yo me llevo el jeep al castillo, pues tengo asuntos que atender antes de volver a Europa.

Sylvie sentía frío por dentro, como si acabaran de golpearla con un bate. No dijo nada.

–¿Pensabas que podríamos quedarnos aquí eternamente? –preguntó él, casi con aire acusador.

«Sí», dijo una voz interior. Y Sylvie se sintió muy tonta. Había creado sueños y fantasías de algo que no existía. Lo ocurrido en el oasis había sido solo un espejismo.

–No, por supuesto que no –repuso.

–Esto jamás podrá ser nada más de lo que ha pasado aquí. Eso lo sabes, ¿verdad? –preguntó él con dureza.

Ella no podía creer que se hubiera dejado atrapar hasta tal punto por un hombre que solo la tenía en una estima mediocre. Que la había seducido como una forma de venganza. Y ella había sido totalmente cómplice.

–Pues claro que lo sé –musitó, con toda la indiferencia que pudo.

Se sentía frágil, a punto de romperse. Retrocedió para alejarse del efecto que él tenía sobre ella.

–Voy a recoger mis cosas. Quiero estar lista cuando llegue el helicóptero.

–Mariah te llevará algo de almorzar.

Sylvie forzó una sonrisa.

–Eres muy considerado. Gracias.

Se volvió y se alejó antes de que él pudiera ver el tumulto que rugía en su interior. Furia, dolor y autorrecriminaciones. Tendría que haberse protegido mejor. Debería haber sabido que él la arrojaría desde la altura cuando hubiera acabado con ella. Pero no había esperado que fuera tan pronto ni de un modo tan brutal.

Un mes después. Londres...

Arkim estaba de pie en la ventana de su despacho, mirando un escenario gris y lluvioso. Un verano inglés en toda su gloria.

Al volver a Londres, se había preparado para los efectos colaterales de su humillación pública. Pero, para su sorpresa, su equipo de relaciones públicas le había dicho que no había habido ningún efecto discernible. Sí, había perdido algún negocio al principio, y las primeras informaciones de la prensa habían sido dañinas. Las acciones habían caído, pero había sido solo temporalmente. Y al final no había habido daños duraderos.

A Arkim le sorprendía comprobar que el mundo había seguido girando después del desastre. La reputación que tanto le había costado construir no había caído hecha pedazos. Desde entonces había habido otros escándalos y el suyo era ya agua pasada. A la gente no le importaba nada si se había acostado o no con Sylvie Devereux.

Había retomado el trato con Grant Lewis y este no parecía guardarle rencor. Había estado en situaciones peores y se había mostrado interesado en mantener el trato económico.

Pensó en Sylvie, en su sonrisa abierta y su piel dorada por el sol, y respiró con fuerza. Un dolor sordo se había asentado en él desde el momento en el que había visto despegar el helicóptero del oasis, y no había remitido. Ya no podía negar más tiempo la verdad. Todavía la deseaba.

En el último mes había asistido a funciones sociales con algunas de las mujeres más hermosas del mundo y lo habían dejado frío. Muerto por dentro. Pero solo tenía que invocar la imagen de Sylvie en la piscina y se excitaba al instante.

Sonó el interfono en su mesa.

–Abajo hay una joven que quiere verle.

A Arkim se le bajó toda la sangre de la cabeza a la entrepierna.

–¿Quién es? –preguntó.

–Sophie Lewis, su exprometida.

La decepción fue tan intensa que Arkim comprendió que tenía un problema. ¿Y qué podía querer Sophie del hombre que presuntamente le había sido infiel con su hermana?

–Dile que suba.

Sylvie había terminado de ensayar por ese día y se había quedado en el estudio de baile para practicar su clase de baile moderno.

Se concentró en la música y en los movimientos atléticos de su cuerpo, ataviado con mallas y un top ceñido. Llevaba el cabello recogido en una coleta alta y tenía la piel brillante de sudor por el ejercicio. Pero aquello la ayudaba a intentar no pensar en él y en que no volvería a verlo nunca.

Se colocó delante del largo espejo que cubría toda la pared y estiró el cuello. Entonces vio que algo se movía y vio una sombra larga en la puerta.

Arkim.

Vestía pantalones oscuros con una camisa clara, arremangada y con los botones superiores abiertos.

Sylvie se volvió despacio, medio esperando que fuera una alucinación. Pero era él. Respiró hondo y apretó los puños.

–Hola –dijo.

–Hola.

–Imagino que no pasabas por aquí.

Arkim se metió las manos en los bolsillos y entró en la estancia. Iba recién afeitado y se había cortado el pelo. Seguía siendo el hombre más atractivo que había visto en su vida.

Se detuvo a un metro de distancia y a ella se le aceleró el corazón.

–No, no pasaba por aquí. He venido especialmente para verte.

Ella reprimió una ola de excitación. Su dolor por el modo en que la había despedido seguía siendo profundo.

–¿Por qué? –preguntó–. ¿Me dejé algo allí?

El rostro de él era impenetrable, pero ella vio que tragaba saliva.

–Podríamos decir que sí. A mí.

Sus ojos se encontraron. Sylvie abrió la boca con incredulidad.

–¿Te dejé a ti?

–Sí –musitó él. Y se acercó todavía más.

La devoraba con la mirada y ella sintió calor por todo el cuerpo. Se cruzó de brazos y lo miró de hito en hito.

–¿Cuál era ese baile que hacías ahora? Es distinto al modo en que bailaste para mí.

–Es algo que preparo para mi clase de baile contemporáneo –repuso ella, sorprendida.

–Me gusta. Es hermoso.

–¿De verdad? –no pudo evitar preguntar ella.

Arkim extendió el brazo y le tocó un mechón de pelo. Asintió.

–Parecías perdida en otro mundo.

A ella le costaba esfuerzo respirar.

–La coreografía es mía –dijo. Y gran parte de ese baile había nacido del dolor que había sentido el último mes.

Retrocedió y él apartó la mano. Le brillaron los ojos. Era el mismo Arkim arrogante de siempre.

–¿Qué es lo que quieres? –preguntó ella–. No he terminado de ensayar y solo tengo este espacio veinte minutos más.

–Quiero hablar contigo. Y tengo algo para ti en mi apartamento.

–¿Tu apartamento?

–Tengo uno en París. Trabajaré aquí las próximas semanas, en mis oficinas de París.

–¿Por qué? –preguntó ella, resistiéndose todavía–. ¿Por qué tenemos que hablar? Creo que ya lo dijiste todo, ¿no?

Él guardó silencio un momento.

–Tu hermana vino a verme. Lo sé, Sylvie.

Ella palideció.

–¿Sophie fue a verte?

Él asintió.

–Oye, termina tu ensayo. Te esperaré. Y luego vienes conmigo, ¿sí?

Sylvie sabía que ya le resultaría imposible concentrarse.

–Me cambio ahora y voy contigo –dijo.

No tenía elección. Necesitaba saber a qué se debía la visita de Sophie. Solo tenía que tener presente que Arkim solo quería hablarle de eso y estaría bien.

–Te espero abajo –dijo él–. Mi automóvil está en la puerta.

Mientras esperaba en la parte de atrás del vehículo con chófer, Arkim no pudo reprimir una sensación de triunfo... ni una erección. Todo su cuerpo había estallado en llamas al verla bailar, moverse de un modo que nunca había visto. Hermoso, elegante... Apasionado. Se había quedado embrujado. Admirado. Excitado.

Ella parecía nerviosa. ¿Pero podía extrañarle eso? El último día en el oasis se había portado como un idiota. Había querido alejarla antes de que se le metiera del todo en el corazón, pero tenía que reconocer que había sido ya demasiado tarde. No le quedaba más remedio que admitir que aunque Sophie no hubiera ido a verlo...

Dejó de pensar cuando vio a Sylvie salir por la puerta, con el cabello húmedo, probablemente de la ducha, recogido en una coleta. Llevaba unos vaqueros desteñidos, zapatillas de ballet y una camiseta amplia. Su piel volvía a ser pálida... como una perla.

Arkim dejó que el chófer le abriera la puerta. Él no podía moverse por miedo a hacer el ridículo.

Ella se sentó, puso su bolsa en el regazo y se abrochó el cinturón. Luego lo miró.

–¿Por qué fue Sophie a verte? –preguntó.

Arkim le devolvió la mirada.

–Para contármelo todo –respondió.

Capítulo 9

EL AUTOMÓVIL avanzaba a paso de tortuga en el tráfico parisino de la tarde. Sylvie era muy consciente del cuerpo poderoso de Arkim a su lado. De sus piernas extendidas y de su pecho amplio.

Se esforzó por concentrarse.

–Cuando dices «todo», ¿a qué te refieres? –preguntó.

–Me refiero a que sé que es lesbiana. Me lo contó todo. Que tenía miedo de salir del armario. Que sus padres la presionaron para casarse conmigo porque pensaban que así aceptaría mejor el trato con ellos. Yo no había ocultado que quería asentarme en Inglaterra y no era contrario a hacerlo con la esposa apropiada.

«El tipo de esposa que lo alejaría para siempre de su sórdido pasado», pensó Sylvie con una punzada de dolor cerca del corazón.

–Me habló de su novia de la universidad y del terror que le producía enfrentarse a su madre –Arkim frunció los labios–. Entiendo por qué.

Sylvie suspiró.

–¡Dios mío! Es cierto que te lo contó todo.

Arkim asintió.

–También me dijo que al principio se negaba a dejarte actuar porque no quería que estropearas todavía más tu relación con tu padre y tu madrasta. Pero que la semana de la boda entró en pánico y aceptó tu oferta de intervenir en el último momento si era necesario... A tu modo.

Sylvie se sonrojó.

–¿Te enfadaste con ella? –preguntó.

Arkim apretó los labios.

–Al principio sí. Tenía derecho –se defendió al ver la expresión de ella–. Las dos me dejasteis en ridículo. Si Sophie me hubiera contado la verdad, lo habría entendido. No soy ningún ogro.

Se giró con disgusto a mirar por la ventanilla.

–Tienes razón –musitó ella–. Yo también tendría que haber ido a hablar contigo. Si hubiéramos conseguido parar la boda una semana antes, habríamos evitado gran parte del escándalo. Pero sabía que tú no creerías nada de lo que yo te dijera.

Parte de la tensión pareció abandonar los hombros de él. Se volvió y, para sorpresa de ella, sonrió un poco.

–Supongo que tienes razón. Habría creído que hablabas por celos –se puso serio–. Creía que estabas celosa y tú me dejaste pensarlo, como un tonto.

Sylvie sabía que, después de la valentía de Sophie, le debía la verdad.

–Lo cierto es que también lo hice por eso. Te quería para mí –dijo.

Hasta aquel momento no lo había admitido ni siquiera para sí misma. Miró por la ventanilla y no reconoció nada, aparte de identificar un barrio muy caro de París.

–¿Dónde estamos? –preguntó.

–Mi apartamento está en un bloque de Île-Saint-Louis –contestó él–. Arriba tengo algo para ti.

El vehículo se detuvo poco después y el chófer se acercó a abrirle la puerta a Sylvie. Cuando ella salió a la acera, apretando su bolsa, Arkim la esperaba ya fuera.

Ella se sintió poco en consonancia con el sitio cuando vio el suelo de mármol y los muebles discretos y exquisitos. Y al portero uniformado que trataba a Arkim como si fuera un príncipe.

Había un encargado del ascensor y a Sylvie casi le dio la risa. El de su viejo edificio de Montmartre se averiaba continuamente.

El ascensor se detuvo con suavidad y se abrió a un pasillo con una moqueta lujosa, al final del cual había una puerta. Él la abrió y ella entró con cautela y miró los suelos de parqué y la suntuosa decoración.

Las estancias eran espaciosas, con puertas de cristal del suelo al techo y vistas sobre París y el Sena. Los muebles eran antiguos, pero no recargados. Cómodos, invitadores.

Ella se acercó a una fotografía en blanco y negro que había en la pared.

–Es Al-Hibiz –dijo él.

Su voz sonó tan cerca, que ella sintió los nervios de punta.

–Sí –contestó, recordando la primera vez que había visto el majestuoso castillo. Un anhelo terrible se apoderó de ella.

Aquello era una tortura, estar tan cerca de Arkim y no saber lo que quería de ella. Se giró hacia él.

–¿Arkim? –musitó.

Él le miraba la boca.

–Sí.

Ella miró sus líneas sensuales. No supo quién se movió primero, pero fue como si la atracción se impusiera por fin a la tensión entre ellos y un instante después, estaban abrazados y se besaban con desesperación en la boca. Arkim le agarró las nalgas y la alzó en vilo, animándola a abrazarlo con las piernas.

Sylvie ni siquiera se dio cuenta de que él se había dejado caer en el sofá hasta que se apartó para respirar y vio que tenía los muslos abiertos y podía sentir la poderosa embestida de la excitación de él justo donde la quería.

Estaba temblorosa. El fuego los había envuelto muy deprisa.

–Arkim, ¿Qué hacemos...?

Él le puso un dedo en los labios.

–Por favor, no digas anda. Necesito esto. Te necesito ahora.

Ella lo empujó hacia atrás, se puso en pie e, imbuida con una sensación de confianza nacida de lo que aquel hombre le había dado en el oasis, se desnudó.

Él la miraba como hipnotizado.

Sylvie se sentó a horcajadas sobre él, bajó la mano y le desabrochó los pantalones. Sacó su pene y lo acarició arriba y abajo. El hecho de que ella estuviera desnuda y él vestido casi por completo le resultaba extremadamente erótico. Pero cuando la boca de él se cerró sobre su pezón, la sensación de ella de tener el control se evaporó en el acto y empezó a frotarse con fuerza contra su erección.

Arkim gimió.

–Tengo que entrar en ti ahora mismo –gruñó.

Sylvie se incorporó un poco mientras él sacaba un preservativo del bolsillo y se lo ponía. Luego la abrazó por la cintura con urgencia. Cuando por fin estuvo dentro de ella, se detuvo un momento y luego empezó a moverse.

En el frenesí que siguió, solo se oía el ruido de sus respiraciones. Sylvie lo sentía más hondo en ella que nunca, y cuando llegó la explosión, no había donde esconderse.

Sylvie echó atrás la cabeza, con los ojos cerrados y todos los músculos tensos y disfrutó de una oleada tras otra de placer. Y Arkim la siguió en cada paso del camino, con su cuerpo tenso como un látigo debajo de ella.

Era tan increíblemente exquisito, que casi parecía un castigo. Como si Arkim hiciera aquello a propósito, solo para torturarla.

Y cuando remitió el orgasmo, ella se dejó caer contra el pecho de él, con la cabeza apoyada en su pecho.

–¿Qué estamos haciendo? –preguntó.

Sintió que el pecho de él se henchía bajo el suyo.

–Lo volveremos a hacer –contestó Arkim–. En cuanto pueda moverme.

Mucho después, cuando ya había oscurecido fuera, Sylvie se despertó sola en la enorme cama. Arkim había cumplido su palabra. En cuanto había podido moverse, la había llevado al dormitorio y habían vuelto a hacer el amor. Luego se habían duchado y habían vuelto a repetir.

Sylvie lanzó un gemido y enterró el rostro en la almohada. ¿Qué estaba haciendo?

Al momento se preguntó dónde estaría él y se sentó en la cama. A los pies del lecho había una bata y se la puso.

Salió descalza del dormitorio. Al pasar por una de las puertas, vio que estaba entornada y oyó un ruido dentro.

Empujó la puerta y se encontró con un estudio. Tres de sus paredes estaban llenas de estanterías y libros. Delante de la ventana había un escritorio enorme, con la superficie cubierta con un ordenador de sobremesa, un portátil y papeles. Arkim estaba sentado en el suelo, ataviado solo con un pantalón de chándal, y acunaba a un cachorro en los brazos.

Los dos alzaron la vista a la vez. El perrito se escapó de los brazos de él y corrió hasta Sylvie, ladrando de contento y moviendo la cola con furia. Ella se agachó y el animal empezó a lamerla sin cesar.

Cuando Sylvie se sobrepuso a la sorpresa, miró a Arkim, que la miraba como si allí no sucediera nada extraño.

–¿Pero qué...? ¿Cómo lo has traído aquí?

También quería preguntar por qué, pero le daba miedo.

Arkim se encogió de hombros.

–Aquel día me lo llevé al castillo conmigo y luego acabé trayéndomelo a Europa.

A ella le latió el corazón con fuerza.

–¿Qué raza es? –preguntó.

–Una mezcla de terrier blanco y algo indeterminado.

–¿Ya tiene nombre?

Él negó con la cabeza.

–No se me ha ocurrido ninguno. Además, quiero regalártelo, así que pónselo tú.

Sylvie lo miró sorprendida. El cachorro se alejó a olisquear algo cercano.

–Pero yo no puedo quedármelo. Mi apartamento es pequeño y Giselle, mi compañera de piso, es alérgica al pelo de animales.

Arkim se levantó del suelo, se acercó y le acarició el pelo.

–Aquel día... Me arrepentí de haberte despedido así. Empezaba a sentirme muy unido a ti y fui un cobarde. Pero la verdad es que no he podido dejar de pensar en ti. No hemos terminado. Necesito más tiempo contigo.

–¿Qué es lo que dices exactamente? –preguntó ella.

–Quiero que vivas conmigo. Que te quedes conmigo hasta...

–¿Hasta cuándo? –preguntó ella. Quería que dijera «hasta que tú quieras». O «hasta el final de nuestras vidas».

–Hasta que se acabe este deseo loco e insaciable –terminó él.

Ella se apartó para que no viera lo dolida que

estaba. El perrito le olfateó los pies y ella lo levantó en alto y lo estrechó contra sí a modo de escudo. ¿Cómo podía manipularla Arkim de aquel modo? Le recordaba el placer que podía darle, le decía que se arrepentía de haberse comportado de aquel modo, le regalaba el cachorro y luego...

–¿Me estás pidiendo que sea tu amante? –preguntó–. ¿Y el perro es para endulzar el trato?

Emitió un sonido de disgusto y se volvió hacia la ventana. ¿Cómo podía haber sido tan estúpida?

–No, no es en ese sentido –contestó él, casi con amargura–. Yo no tengo amantes. Tú tenías razón sobre mis motivaciones para casarme con Sophie. Ella representaba algo para mí. Algo que siempre he ansiado. Una respetable unidad familiar.

Y eso confirmaba lo que ella ya sabía. Algún día él encontraría una mujer digna de ser su respetable esposa. El odio que sintió por esa futura mujer la dejó atónita. Pero también le hizo percibir su propia debilidad. Ella también quería más. Quería tomar todo lo que él le ofrecía antes de que la apartara de nuevo. O, si tenía suerte, atiborrarse de él y ser ella la que se alejara.

Alzó la barbilla.

–Si me quedo contigo y hacemos esto, no dejaré mi trabajo.

–No espero que lo hagas.

Sylvie sintió una mezcla de alivio y dolor. Mientras conservara su «trabajo de mala reputación», recordaría quién era, no habría peligro de que se hiciera ilusiones sobre algo que nunca podría ser.

–En ese caso, si el perro de verdad es mío, será

mejor que piense un nombre –dijo, con una ligereza que no sentía.

–Muy bien, Omar...

Arkim estaba de pie en la puerta y observaba a Sylvie darle un premio de su bolsillo al cachorro, al tiempo que lo acariciaba detrás de las orejas.

Le bastaba verla sentada en el suelo, con el pelo recogido en una trenza en la espalda, para excitarse. Obviamente, acababa de volver del trabajo, y vestía todavía mallas y un top suelto.

Insistía en ir a trabajar en metro. Y Arkim ni siquiera sabía que la cocina funcionaba, hasta que llegó un día y la encontró sacando un asado de ternera del horno. Aquello, en vez de provocarle sudores fríos, le gustaba. Nunca había sabido lo que era llegar a casa y que lo esperara una comida casera, y se había reído con las historias de ella de cómo había aprendido a cocinar cuando se mudó a París.

Hacía dos semanas que vivían juntos y, al igual que antes, cuanto más la poseía, más la deseaba. Eso lo ponía nervioso. Aquella lujuria era casi desesperada. No podía dejarla marchar. Todavía no.

Ella alzó la vista y le sonrió. Pero luego la sonrisa desapareció y una expresión de cautela cubrió su rostro. Arkim sintió ganas de sacudirla y exigirle que... «¿Qué?», preguntó una vocecita. «¿Que te deje entrar en su mente?».

Desde la noche en que había accedido a vivir allí, Sylvie había encerrado una parte de ella lejos de él. Se había vuelto cautelosa y faltaba alguna chispa que Arkim había aprendido a asociar con ella.

Excepto cuando hacían el amor. Entonces se entregaba plenamente, a pesar de sí misma.

Pero cuando terminaban, se acurrucaba en su lado, lejos de él. Y Arkim apretaba los puños para no abrazarla. Porque él no hacía esas cosas. Eso enviaría el mensaje equivocado, el de que aquello era algo más que un periodo transitorio de lujuria mutua.

–¿Una función? –preguntó Sylvie.

Hasta el momento, Arkim y ella habían pasado el tiempo encerrados en aquel apartamento. Se veían allí después del trabajo y se dedicaban a satisfacer su deseo mutuo hasta que no podían moverse. Luego se levantaban, iban a trabajar y repetían el proceso.

Arkim estaba apoyado en el marco de la puerta.

–Es una función benéfica para recaudar dinero para concienciar sobre el cáncer. Pensé que te interesaría.

A ella le sorprendió que él recordara que le había dicho que su madre había muerto de cáncer.

–Por supuesto que me interesa –dijo–. Pero creía que tú no querías ser visto conmigo en público.

Él se acercó y le puso las manos en los brazos.

–La razón de que no hayamos salido juntos es porque, en cuanto te veo, te necesito. Igual que ahora.

Sylvie sintió alegría. A ella le ocurría lo mismo. Un deseo insaciable de pegarse a aquel hombre.

–¿Y la función? –preguntó.

–Iremos. ¿Pero podemos ducharnos antes?

Sylvie ocultó su reacción al hecho de que él estaba preparado para dejarse ver en público con ella.

–Creo que debo felicitarte por esa dedicación a ahorrar agua –comentó.

Arkim hizo una mueca y tiró de ella al dormitorio, donde cerró firmemente la puerta a Omar. El cachorro se detuvo delante de la puerta y procedió a lloriquear lastimosamente durante la siguiente media hora, sin que nadie se diera cuenta.

–¿Seguro que estoy bien?

Arkim, con un esmoquin negro, era la personificación de la elegancia. Sylvie odiaba sentirse insegura, pero empezaba a asimilar la magnitud de lo que significaba aquella salida pública. La ponía nerviosa que la gente los reconociera y el inevitable escrutinio que seguiría.

Él la tomó de la mano.

–Estás maravillosa. Considera esto como uno de los eventos de tu padre. Yo te vi muy segura en ese medio.

Ella se sonrojó. Acarició la seda verde esmeralda de su vestido. Era una prenda espectacular, una columna elegante de seda pura. La cubría desde la garganta hasta las muñecas y los tobillos, pero, curiosamente, le parecía más revelador que nada de lo que había llevado nunca, por el modo en que se pegaba a sus curvas y el corte al bies.

El vestido la esperaba en una caja plateada cuando

salió de la ducha con Arkim. Su primer impulso había sido rechazarlo, pero se había enamorado de él a primera vista. Le recordaba a uno que había sido de su madre y había decidido aceptarlo.

El automóvil los llevó a uno de los hoteles más glamurosos y emblemáticos de París. Arkim salió y ella contuvo el aliento cuando le abrió la puerta y le tendió la mano. Se unieron a la gente que entraba en el vestíbulo en medio de nubes de perfume caro y muchos besos al aire. Arkim llevaba de la mano a Sylvie, que se aferraba a él.

A medida que se movían entre la gente, a ella la tranquilizó ver que la miraban una vez y enseguida la descartaban. No le importaba. Prefería eso al escrutinio y a que la reconocieran.

–¿Cuándo anunciarán la cena? –preguntó con curiosidad en cierto momento. Empezaba a sentir punzadas de hambre.

Arkim sonrió y señaló con la cabeza a un camarero que pasaba con una bandeja de canapés que parecían más una instalación artística que comida de verdad.

–Me temo que esto es la cena. Creo que la mayoría de estas personas no han comido en diez años.

Sylvie sonrió. Pero el estómago le sonó con fuerza y ella se sonrojó y agachó la cabeza, avergonzada.

Arkim le pasó un brazo por la cintura y la atrajo hacia sí.

–¿No quedan restos del asado en casa? –preguntó.

–Creo que sí.

Él bajó la mirada a la boca de ella.

–Pues vámonos de aquí. Ya he tenido bastante.

Sylvie alzó la vista hacia él y tuvo la sensación de que se ahogaba en su mirada.

–De acuerdo. Vámonos, pues.

Cuando cruzaban el gran vestíbulo de mármol, de la mano, porque Arkim rehusaba soltarla, y Sylvie flotaba en una nube de satisfacción ante la idea de volver a estar a solas con él, un grupo de hombres se detuvo delante de ellos.

Ella alzó la vista esperando que fueran conocidos de él. Pero los hombres la miraban a ella. Su cuerpo. Sus pechos. Antes de que pudiera valorar debidamente la situación, un escalofrío de humillación subió por su columna.

–Vaya, vaya, vaya. Es tu artista de revista favorita, James.

Capítulo 10

SYLVIE los reconoció. Eran habituales de la revista. Expatriados ingleses que trabajaban en París. Y uno de ellos había tenido una breve aventura con Giselle, su compañera de piso. Recordaba al hombre saltando a la mañana siguiente por el apartamento, buscando su ropa.

Arkim hizo una mueca a su lado.

–Ella no les conoce. Hagan el favor de apartarse.

Los hombres pasaron a mirarlo a él. Sylvie quería que la tragara la tierra. Arkim estaba lívido y un músculo se movía en su mandíbula.

–¿Y tú quién eres, amigo? ¿Le pagas bien por esta noche? Porque si has perdido interés, nosotros estamos dispuestos a contribuir con dinero a cambio de pasarlo bien.

–Ella no se abre de piernas, ¿recuerdas? –intervino otro.

Sylvie tenía la sensación de estar inmersa en una pesadilla.

–Perdón –dijo con voz débil–. Creo que no nos conocemos...

El más alto de los hombres, todavía más bajo que Arkim, se había colocado enfrente de este.

–Te crees muy importante, ¿verdad? Pues da la

casualidad de que a ti también te reconozco. Tú eres el que se quedó plantado en el altar.

–¡Oh, Dios mío! –Sylvie ni siquiera se había dado cuenta de que hablaba en voz alta. Sentía náuseas.

Arkim le soltó la mano y la apartó.

–Sube al coche y espérame allí. Vamos –dijo con voz acerada.

Ella empezó a retroceder, horrorizada por la expresión asesina de él, pero uno de los hombres, que hasta el momento no había dicho nada, le cortó el paso.

–¿Y adónde te crees que vas?

Sylvie apretó los dientes.

–Fuera de mi camino.

Él se acercó más y ella olió el alcohol en su aliento.

–Vamos, vamos, eso no es amable. Yo te he visto, ¿sabes?

Le acarició el brazo con un dedo y ella se esforzó por no encogerse de asco.

–Tú eres mi favorita, pero me gustaría ver mucho más de tu cuerpo.

Sylvie acababa de colocar la rodilla en posición para causar el máximo daño si él volvía a tocarla, cuando oyó un golpe fuerte a sus espaldas. Se giró y vio que Arkim retrocedía y se llevaba una mano al ojo.

Corrió a su lado cuando ya se adelantaba el personal de seguridad del hotel. Arkim, todavía con la mano en la cara, habló con alguien que parecía el encargado. El grupo de ingleses se vio rodeado en cuestión de segundos y solo entonces se dio cuenta ella de lo ebrios que estaban, cuando ya se los llevaban con rostros beligerantes.

Arkim volvió a tomarla de la mano y la llevó hasta el automóvil con tal rapidez, que ella tenía que trotar sujetándose el vestido para no quedarse atrás. Tenía un nudo en el estómago y no respiró aliviada hasta que el coche se alejó del hotel.

Miró a Arkim e hizo una mueca al verle el ojo cerrado. Se arrodilló en el asiento a su lado y le apartó la mano cuando él intentó detenerla.

–¿Qué ha pasado?

–He reconocido a uno de los hombres –explicó él–. Ha dicho algo de ti que sé que no es cierto y le he dicho que, si no lo retiraba, correría la voz sobre el modo descontrolado en que usa drogas. Y me ha golpeado.

Sylvie se sentó en los talones, angustiada.

–Lo siento mucho.

–¿Por qué? La culpa ha sido de ellos.

–Sí, pero si no me hubieran reconocido...

Arkim no dijo nada, pero su silencio decía muchas cosas.

Cuando por fin llegaron al apartamento, Sylvie lo oyó moverse por la sala de estar y oyó tintineo de copas en la bandeja. Estaba enfadado. Ella envolvió hielo en una toalla y se lo llevó.

–Siéntate y déjame verte –dijo.

Él hizo una mueca. Se había quitado la chaqueta y la pajarita. Tenía el ojo cerrado e hinchado. Se sentó con las piernas abiertas y un brazo a lo largo del respaldo del sofá. Sylvie tenía la sensación de acercarse a un león malhumorado, pero se acercó.

–El ojo no sangra –dijo–. Eso es bueno.

–¿Ahora eres enfermera?

–No, pero curo a la gente que se hace heridas pequeñas en el trabajo.

Arkim sabía que hacía mal en mostrarse irritado, pero estaba todavía demasiado alterado por el enfrentamiento. Recordó las palabras del hombre. «Ella sabe tan dulce como parece, ¿verdad?». Había tenido que controlarse mucho para no golpearlo. Y lo que más lo asustaba eran los celos que había sentido ante la insinuación de que aquel hombre hubiera tenido algo con ella.

Sylvie estaba arrodillada a su lado en el sofá, con la seda del vestido tensando sus pechos y delineando su figura. Arkim dejó el vaso de alcohol y la agarró por la cintura. Le quitó el hielo y lo tiró al suelo. La atrajo contra sí. Su intención estaba clara.

Ella protestó.

–Estás herido. No podemos...

Él le puso un dedo en los labios. A pesar de su necesidad de devorar y consumir, algo pasó cuando sus labios se rozaron. La tensión de su cuerpo empezó a desaparecer y se descubrió tocándola como si fuera de porcelana.

Ella lo abrazó y el deseo se impuso en él a la necesidad de reverencia. Se quitó la ropa y ella se subió el vestido y se sentó encima de él. Cuando lo recibió en su interior, la sensación fue tan exquisita, que Arkim tuvo que apretar la mandíbula con fuerza.

Empezaron a moverse con un ritmo lento y lánguido. Y cuando la necesidad se hizo demasiado acuciante, Arkim agarró a Sylvie por las caderas, enterró la cabeza en su pecho y sintió las manos de ella en su pelo cuando su alma echaba a volar y encontraba por fin el olvido que buscaba.

Un par de horas después, Sylvie estaba tumbada al lado de Arkim, desnuda, observando cómo subía y bajaba su pecho con la respiración. La intensidad del modo en que la había poseído en el sofá la dejaba todavía sin aliento. Había sido como si estuviera consumido por una especie de furia.

Un peso frío se posó en el vientre de ella. Llevaba dos días queriendo comentar algo con él, pero no se atrevía. Porque temía que resultara ser una especia de prueba de hasta dónde encajaba ella en su vida. Sin embargo, sabía que no tenía más remedio que hablar con él. Y después de lo ocurrido ese día, estaba segura de que Arkim no dudaría en dejarla marchar, esa vez para siempre.

Cuando despertó Arkim, amanecía ya. Le palpitaba la cabeza y eso hizo que recordara al instante lo ocurrido la noche anterior. «Sylvie». Y uno de ellos la había tocado. Apretó los puños con rabia.

Miró a su alrededor. Estaba solo en la habitación y no llegaban sonidos del cuarto de baño. Saltó de la cama, se puso un pantalón de chándal y recorrió el apartamento con el ceño fruncido. Solo se oía silencio. Ni siquiera oía a Omar.

Al fin la encontró en la sala de estar. Miraba por

la ventana de espaldas a la puerta. Arkim vio que llevaba unos vaqueros y una camisa. Había algo tenso en las líneas de su cuerpo.

–Te has vestido –dijo él.

Ella se volvió despacio. Se había recogido el pelo en un moño bajo en la nuca. Arkim se apoyó en la jamba de la puerta y se cruzó de brazos.

–Hay algo que tenía que haberte dicho antes, pero no tuve ocasión –comentó ella.

Arkim sintió un aleteo de pánico, lo cual no le gustó nada.

–¿Tan importante es que no puede esperar a después? –preguntó. Le tendió una mano–. Ven a la cama. Es demasiado temprano para hablar.

Sylvie sonrió, pero en sus sonrisa había algo que él hacía tiempo que no veía. Cinismo.

–No, no puede esperar –dijo.

Arkim se acercó al bar y se sirvió una copa de brandy. Se detuvo con el vaso a medio camino de la boca.

–¿De qué se trata?

Ella lo miró a los ojos.

–Pierre me ha ofrecido un papel más importante en el espectáculo.

Arkim se relajó en el acto. ¿Eso era todo?

–Suena bien –dijo. ¿Por qué estaba ella tan seria?

–Es bueno. Pero si acepto, tendré que desnudarme por primera vez. Como las otras chicas. Pierre nunca me había presionado, pero ahora dice que, si quiero seguir, tengo que empezar a hacer actuaciones completas.

Por un segundo, Arkim solo oyó un rugido en los oídos. Por su cabeza pasaron imágenes de los pechos de Sylvie expuestos a la mirada de miles de personas. De su cuerpo perfecto... No era de extrañar que su jefe quisiera explotarlo.

Y los hombres del día anterior la verían todas las noches que quisieran.

Se dio cuenta de que sujetaba el vaso con mucha fuerza y se obligó a relajarse. A concentrarse.

—La verdad es que no sé si debo hacerlo o no —continuó ella—. He pensado en hacer otras cosas.

Lo miraba como si la respuesta de él importara. Como si quisiera que le dijera lo que tenía que hacer.

La volatilidad de sus emociones inhibía la respuesta de él. Si le decía a Sylvie que le importaba lo que hiciera, ella tendría control sobre él, conocería su vulnerabilidad. Demostraría una posesividad respecto a ella que ya le había hecho ganarse un ojo morado. En público.

Se quedó frío. Acababa de capear un escándalo público. ¿Corría peligro de verse arrastrado a otro?

Era demasiado. Le recordaba mucho el día en que había perdido su inocencia y autorrespeto, cuando lo habían encontrado con los pantalones bajados y la boca de la mujer alrededor de su... Bloqueó el recuerdo y tomó un trago de whisky.

—No sé qué quieres que diga. Es tu vida. Debes hacer lo que creas que es mejor para ti.

Ella lo miró durante un largo momento. Estaba muy pálida. Luego pareció salir de un trance y entrecerró los ojos.

–Sí, es mi vida y sé lo que es mejor para mí. Y por eso me voy a marchar ahora.

Arkim frunció el ceño.

–¿Marchar?

Ella miró a Omar, que la miraba con adoración desde el suelo, y apretó los puños.

–Sí, a marchar. El nuevo espectáculo se estrena la semana que viene y mañana empieza la campaña publicitaria. En vista de lo que pasó anoche, creo que es mejor que lo dejemos aquí –alzó la barbilla–. No quiero ser responsable de más incidentes públicos y con el nuevo espectáculo, es muy probable que eso ocurriera.

–¿Entonces lo vas a hacer? –preguntó él, sombrío.

–Sería una tonta si no quisiera progresar en uno de los espectáculos más famosos del mundo.

–¿Desnudándote? –preguntó él con rabia.

A ella le brillaron los ojos.

–¿Y a ti qué te importa? Tengo que pensar en mi futuro. Hay un millón de chicas que estarían encantadas de estar en mi lugar.

Algo se rompió dentro de Arkim.

–¿Y si yo te pidiera que te quedaras? –preguntó sin pensar.

Sylvie se sonrojó.

–¿Cuánto tiempo? ¿Una semana más, un mes, dos meses? Los dos sabemos que esto no tiene futuro. A menos...

«A menos que haya más».

La implicación de la frase inacabada hizo decir a Arkim con dureza:

–A menos que nada.

–Entonces nada –repuso ella débilmente.

Se acercó a donde estaban su maleta y su chaqueta y él se dio cuenta entonces de que ya había recogido sus cosas. ¿Porque sabía cuál sería su reacción? Sintió una punzada de dolor en el pecho.

–Gracias por todo, Arkim. Buenas noches –dijo ella–. Cuídate mucho.

Cuando se quedó solo, él fue vagamente consciente de que había algo cálido en sus pies y, al bajar la vista, vio a Omar que movía la cola y lloriqueaba suavemente. Arkim lo tomó y lo sentó en su regazo.

Apretó la mandíbula con fuerza. El dolor era bueno. Le recordaba que ansiaba orden y respetabilidad por encima de todo. No necesitaba que le alteraran el alma.

Sylvie Devereux había sido un breve y tórrido interludio en su vida y ahora esta seguía adelante. Para bien.

Capítulo 11

Una semana después. L'Amour, ensayo final...

—¡Sylvie! ¡Date prisa! Eres la próxima.

Sylvie respiró hondo, tomó su espada y salió al escenario. El ambiente era de caos controlado. El nuevo espectáculo se estrenaba en unas horas y faltaban muchos preparativos. Ella llevaba una versión más elaborada de la ropa de danza del vientre que se había puesto para Arkim en Al-Hibiz, y ese recuerdo la perturbaba.

Empezó a bailar sin pensar. Acababa de quitarse el velo que le cubría la cara y la tela de la cabeza y se disponía a entrar en la segunda parte del baile cuando alguien gritó con una voz que resonó en el teatro oscuro:

—¡Alto!

A Sylvie se le aceleró el corazón, pero siguió bailando. Seguramente no sería la voz de Arkim, seguramente sería uno de los regidores.

De pronto se detuvo la música.

Ella se giró y oyó algún tipo de forcejeo entre bastidores. Luego Arkim entró en el escenario desde detrás de las cortinas.

Sylvie no estaba segura de no estar soñando.

—¿Arkim?

Él se acercó.

–¿Qué haces? Estamos ensayando, no puedes estar aquí –dijo ella–. Notó que seguía teniendo el ojo morado. En conjunto, parecía que acabara de salir de una riña callejera. Para completar esa imagen, llevaba vaqueros desgastados y ceñidos, una camiseta y el pelo revuelto.

–No quiero que te desnudes –dijo él–. No quiero que nadie más te vea.

Sylvie lo miró sorprendida. Puso los brazos en jarras.

–¿Tú puedes verme, pero eres tan controlador y posesivo que no soportas la idea de que tu expropiedad se vea en público?

Él se acercó más.

–No –gruñó–. No quiero que te vea nadie más porque eres mía.

Sylvie lo miró de hito en hito.

–¿Necesito recordarte que tú me has dejado ya dos veces? ¿Qué pasa? ¿Tanto te preocupa tu preciosa reputación que temes que mi estilo de vida depravado te pueda atormentar?

En la mandíbula de Arkim palpitó un músculo.

–No, maldita sea. No quiero que nadie más vea lo que es mío.

A Sylvie se le oprimió el pecho. Aquel hombre había empezado rechazándola antes de conocerla y había seguido rechazándola después. Solo estaba allí porque no podía soportar la idea de compartirla.

–Pero no soy tuya –dijo–. Tú dejaste que me fuera.

Estaban ya muy cerca. Él la miró a los ojos.

–No quiero que te vayas, quiero que te quedes. Tú eres perfecta para mí.

Sylvie abrió mucho la boca, sorprendida, y volvió a cerrarla de golpe.

–¿Qué has dicho?

Arkim se acercó todavía más y le tomó el rostro entre las manos.

–Que sé lo que quiero y te quiero a ti. Si esto es lo que de verdad quieres, este trabajo, no voy a fingir que me gusta, pero te apoyaré.

Sylvie tardó un momento en poder hablar.

–¿Quieres decir que me aceptas pase lo que pase? –no lo creía–. No eres tú el que habla, es la lujuria. Y cuando se termine... –Su voz se quebró peligrosamente–. No permitiré que te libres de mí cuando te des cuenta de que no soy perfecta porque te recuerde constantemente la debilidad que sentiste o la vida con tu padre.

Se volvió y Arkim le puso una mano en el hombro. Cuando ella se volvió, él se quitó la camiseta y hubo murmullos entre los presentes, que alguien acalló enseguida.

–¿Qué haces? –preguntó Sylvie, demasiado sorprendida para reparar en otra cosa que no fuera él.

Arkim tenía ya las manos en los vaqueros.

–Te voy a probar que haré lo que sea necesario para que confíes en mí.

Se desabrochó el botón de arriba y Sylvie comprendió que tenía intención de desnudarse y alzó una mano temblorosa.

–Para –movió la cabeza–. ¿Por qué?

Arkim bajó las manos.

–Porque necesito probarte que estoy dispuesto a desnudarme del todo para ti. Y si quieres que lo haga delante de Notre Dame, lo haré. Necesito que sepas que no volveré a juzgarte. Estoy orgulloso de ti y de lo que has alcanzado con dignidad y orgullo. Te necesito. Mi vida sin ti está vacía.

Sylvie estaba atónita.

–¿No lo entiendes? –prosiguió él–. Te amo. Pero he tardado mucho en darme cuenta porque era una sensación desconocida para mí. Lo siento.

Hincó una rodilla en el suelo delante de ella y sacó una cajita de terciopelo del bolsillo. La abrió y extrajo algo con mano temblorosa. Le tomó la mano a ella y dijo:

–Sylvie Devereux, sé que te he dado muchos motivos para odiarme, ¿pero quieres casarte conmigo, por favor? Porque te amo y sin ti no soy más que un pelma arrogante y estirado.

Le apretó la mano.

–Apoyaré todo lo que quieras hacer con tu vida y encajaré todos los golpes que sea necesario por ti. Porque quiero protegerte y amarte y prometo hacerlo mientras me quede aliento en el cuerpo.

Sylvie estaba mareada, anclada a la tierra solo por la mano de él. Ni siquiera miraba el anillo. Quería creer todo aquello. Se dio cuenta entonces de que ella también había querido protegerse del amor y de que necesitaba creer o nunca dejaría atrás sus viejas heridas.

–No acepté la oferta de Pierre –dijo–. Solo te lo dije para que vieras lo poco que te convenía yo. Voy a actuar esta noche como un favor porque faltaba un número. Mi profesor de baile moderno está formando una compañía y quiere que me vaya con él. No me desnudaré, pero tampoco seré perfecta.

Él sonrió.

—Eres perfecta. Y si quieres montar a caballo desnuda por las calles de París, me quitaré la ropa y te acompañaré —le tomó las manos—. Solo quiero que seas feliz.

—Sí —musitó ella, entonces, con el corazón henchido de emoción—. Sí, quiero casarme contigo —se puso de rodillas y le acarició los labios—. Te amo muchísimo. Creo que te he amado desde siempre y lo supe desde el momento en que te vi, aunque no entendía cómo...

Arkim pareció atónito por un momento. Luego le puso el anillo en el dedo y ella lo miró y vio una esmeralda enorme flanqueada por zafiros y diamantes. Los colores de sus ojos.

Se incorporaron juntos y se abrazaron. Cuando sus labios se encontraron, se oyó una tos fingida cerca de ellos y Sylvie se sobresaltó. Volvió a ser consciente con dificultad del teatro y de lo que la rodeaba como si saliera de un sueño particularmente delicioso.

Miró a su alrededor y vio un mar de rostros y muchos ojos sospechosamente brillantes. Pierre, sin embargo, parecía muy serio. Pero ella vio un brillo de cariño en su mirada. Se dirigió a Arkim.

—Si ha terminado con mi bailarina, señor Al-Sahid, tengo que estrenar un espectáculo en menos de una hora.

Arkim no se inmutó. Miró a Sylvie.

–Lo que más deseo en este momento es llevarte a casa, ¿pero tú quieres actuar?

–Sí –repuso ella con voz ronca–. Me gustaría hacerlo. Será mi última actuación y si tengo un lugar en la compañía de danza moderna es gracias a Pierre. Solo me ofreció el papel aquí porque sabía que diría que no y que ese era el empujón que necesitaba para pasar a otra cosa.

Arkim se acercó a Pierre y le estrechó la mano.

–Gracias por haber cuidado de ella y por haber visto su potencial –dijo con ojos sospechosamente brillantes.

Pierre parecía también emocionado y la propia Sylvie tuvo que esforzarse por contener las lágrimas. Se separó de Arkim con un esfuerzo. Tenía que terminar de prepararse.

Pero justo antes de salir del escenario, oyó que Pierre preguntaba:

–Señor Al-Sahid, ¿seguro que no tiene ninguna experiencia como bailarín?

Epílogo

EL SACERDOTE abrió mucho los ojos cuando vio el espectáculo que bajaba por el pasillo. Era la figura esbelta de la novia, vestida de satén y encaje blancos y con el rostro oscurecido por un velo de gasa. Iba del brazo de una joven, su madrina. Una chica rubia y muy bonita, vestida de rosa pálido y que al sacerdote le resultaba muy familiar. Recordó que la había visto vestida de novia solo unos meses atrás. Y el novio había sido el mismo.

El novio se volvió a mirar y el sacerdote percibió su tensión nerviosa. La última vez lo recordaba más relajado.

La mujer de rosa entregó la novia al novio con una sonrisa. Él levantó el velo del rostro radiante de la novia y la besó en los labios.

El sacerdote, que se dio cuenta de que la novia era la misma mujer que había interrumpido la última boda, tosió con fuerza. Los novios se separaron. El rostro de ella estaba sonrojado y le brillaban los ojos.

–Si están preparados, seguiremos adelante –comentó el sacerdote.

Los dos lo miraron. El novio sonrió.

–Estamos preparados.

Y a Dios gracias, cuando llegó el momento de las objeciones, no hubo otra cosa que un silencio feliz.

Bianca

¿Sería posible romper las reglas del compromiso?

Cuando Cristiano Marchetti se declaró a su antigua amante, Alice Piper, el compromiso tenía fecha de caducidad. Bastaba que permanecieran seis meses casados para satisfacer las condiciones impuestas en el testamento de su abuela. Pero el próspero hotelero tenía una agenda oculta: vengarse de Alice por haberlo abandonado siete años atrás

Alice necesitaba la seguridad económica que le podía proporcionar su enemigo, pero cada uno de sus enfrentamientos se convertía en una tentadora oportunidad. Y a medida que iba descubriendo al hombre que se ocultaba bajo una coraza de aparente frialdad, empezó a preguntarse si no sería posible recorrer el camino al altar como mucho más que la esposa temporal de Cristiano.

UNA TENTADORA OPORTUNIDAD

MELANIE MILBURNE

Acepte 2 de nuestras mejores novelas de amor GRATIS

¡Y reciba un regalo sorpresa!

Oferta especial de tiempo limitado

Rellene el cupón y envíelo a
Harlequin Reader Service®
3010 Walden Ave.
P.O. Box 1867
Buffalo, N.Y. 14240-1867

¡Sí! Por favor, envíenme 2 novelas de amor de Harlequin (1 Bianca® y 1 Deseo®) gratis, más el regalo sorpresa. Luego remítanme 4 novelas nuevas todos los meses, las cuales recibiré mucho antes de que aparezcan en librerías, y factúrenme al bajo precio de $3,24 cada una, más $0,25 por envío e impuesto de ventas, si corresponde*. Este es el precio total, y es un ahorro de casi el 20% sobre el precio de portada. ¡Una oferta excelente! Entiendo que el hecho de aceptar estos libros y el regalo no me obliga en forma alguna a la compra de libros adicionales. Y también que puedo devolver cualquier envío y cancelar en cualquier momento. Aún si decido no comprar ningún otro libro de Harlequin, los 2 libros gratis y el regalo sorpresa son míos para siempre.

416 LBN DU7N

Nombre y apellido	(Por favor, letra de molde)

Dirección	Apartamento No.

Ciudad	Estado	Zona postal

Esta oferta se limita a un pedido por hogar y no está disponible para los subscriptores actuales de Deseo® y Bianca®.
*Los términos y precios quedan sujetos a cambios sin aviso previo.
Impuestos de ventas aplican en N.Y.

SPN-03   ©2003 Harlequin Enterprises Limited

Olvida mi pasado
Sarah M. Anderson

Matthew Beaumont no quería que los escándalos arruinaran la boda de su hermano, pero Escándalo era el segundo nombre de Whitney Maddox. Había permitido que la extravagante actriz y cantante asistiera a la boda con la condición de que se comportara. Pero había acabado siendo él el que no había sabido guardar las formas con la irresistible dama de honor.

Decidida a enterrar su pasado, Whitney hacía años que llevaba una vida tranquila. Sin embargo ,después de acabar en los fuertes brazos de Matthew por culpa de un tropiezo, no había podido dejar de imaginar una no-che de pasión con el padrino.

El padrino podía ser el regalo perfecto,
un regalo que podía ser para siempre

Bianca

**De sencilla secretaria…
a su esclava bajo sábanas de satén**

Ricardo Castellari siempre ha visto a Angie como su callada secretaria… hasta que ella se pone un vestido rojo de seda que le marca todas las curvas. ¡A partir de ese momento, Ricardo no puede apartar los ojos de ella!

Angie no puede negarse a una noche de exquisito placer con Ricardo. Pero, cuando regresa a la oficina, se siente avergonzada. Intenta dejar el trabajo. Sin embargo, Ricardo tiene otra idea en mente… Antes de dejar su empleo, Angie deberá dedicarle unos días más como su amante…

PASIÓN EN LA TOSCANA

SHARON KENDRICK

7